"Profeta" — disse eu — "profeta - ou demônio ou ave preta!
Pelo Deus ante quem ambos somos fracos e mortais.
Dize a esta alma entristecida se no Éden de outra vida
verá essa hoje perdida entre hostes celestiais,
essa cujo nome sabem as hostes celestiais!"
Disse o corvo, "Nunca mais".

Copyright © 2021 Pandorga

All rights reserved.
Todos os direitos reservados.
Editora Pandorga
1ª Edição | Setembro 2021

Título original: *The Raven*
Autor: Edgar Allan Poe

Diretora Editorial
Silvia Vasconcelos

Editora Assistente
Jéssica Gasparini Martins

Projeto Gráfico
Rafaela Villela
Lilian Guimarães

Capa
Rafaela Villela

Diagramação
Lilian Guimarães

Tradução
Marsely de Marco
Fátima Pinho
Samuel Bueno

Revisão
Fátima Rodrigues

Dados Internacionais de Catalogação na Publicação (CIP) de acordo com ISBD

P743c   Poe, Edgar Allan

O corvo e outras histórias / Edgar Allan Poe; traduzido por Samuel Bueno, Fátima Pinho, Juliana Garcia. - Cotia : Pandorga, 2021.
176 p. : 14cm x 21cm.

ISBN: 978-65-5579-117-4

1. Literatura americana. 2. Contos. 3. Edgar Allan Poe. I. Bueno, Samuel. II. Pinho, Fátima. III. Garcia, Juliana. IV. Título.

2021-3461

CDD 813
CDU 821.111(73)-3

Elaborado por Odilio Hilario Moreira Junior - CRB-8/9949

Índice para catálogo sistemático:
1. Literatura americana: Contos 813
2. Literatura americana: Contos 821.111(73)-3

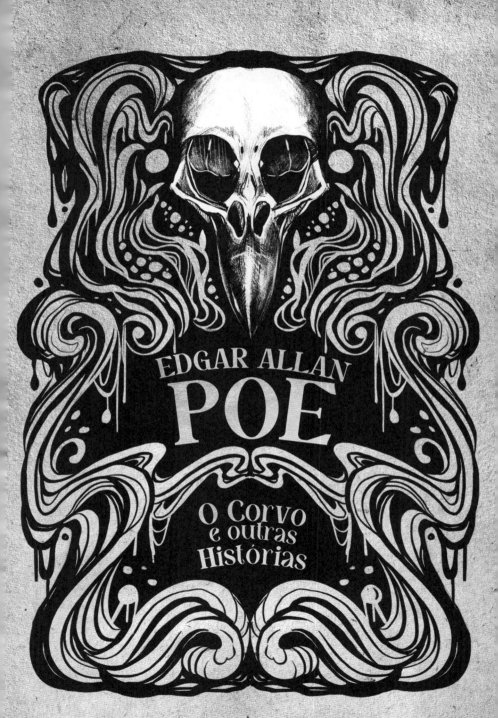

SUMÁRIO

APRESENTAÇÃO	**[9]**
O GATO PRETO	[13]
A MÁSCARA DA MORTE VERMELHA	[25]
O POÇO E O PÊNDULO	[33]
A QUEDA DA CASA DE USHER	[53]
O BARRIL DE AMONTILLADO	[75]
O CORAÇÃO DELATOR	[83]
MORELLA	[91]
O ENTERRO PREMATURO	[99]
OS ASSASSINATOS DA RUA MORGUE	[117]
AS TRADUÇÕES DE O CORVO	**[161]**
O CORVO	[163]
AS ILUSTRAÇÕES DE GUSTAVE DORÉ PARA "O CORVO", DE 1884	**[168]**

APRESENTAÇÃO

Após o falecimento do mestre do terror e do mistério americano, Edgar Allan Poe, seu rival literário – Rufus Griswold – escreveu uma biografia um tanto quanto duvidosa sobre o autor. Muito do que foi escrito não passava de invenções maldosas, em uma espécie de vingança de Griswold contra os comentários de Poe sobre sua obra. O retrato que fora pintado na biografia era de um mulherengo desregrado, viciado em drogas, imoral e sem amigos. A imagem distorcida permaneceu e fixou-se no imaginário popular: até hoje, Poe é considerado um autor, no mínimo, esquisito.

No entanto, talvez o mais estranho em Poe seja não ser estranho em nada – não, Poe não frequentava cemitérios à noite, com seu corvo de estimação. Foi, na verdade, um autor pioneiro, cuja obra inspirou centenas de outros autores. Enquanto Lupin é considerada a versão francesa de Sherlock Holmes, Holmes é inspirado em Dupin, o primeiro detetive da literatura, que aparece em "Os assassinatos da Rua Morgue", fruto da mente nada esquisita de Edgar Allan Poe.

Poe também foi um dos primeiros contistas americanos e escreveu ensaios sobre a "forma" do conto, isto é, descreveu como um bom conto deveria ser escrito. A primeira teoria sobre o gênero do conto é dele[1], assim como o tão famoso poema "O Corvo" não é fruto de mero devaneio. Em *Filosofia da compo-*

---

[1] POE, Edgar Allan. Review of Twice told tales (1842). In: MAY, Charles E., ed. Short story theories. Op. eit. p. 45-52. Texto fundamental para o estudo do conto, em que Poe desenvolve uma teoria baseada no princípio da unidade de efeito.

sição[2], Poe detalha o minucioso processo de escrita do poema.

É também considerado o primeiro escritor profissional da América, ou seja, remunerado por aquilo que criava (e, portanto, um artista faminto). Seus maiores proventos, no entanto, eram das críticas literárias que fazia. Sua obra inclui ensaios, resenhas, contos, poemas e artigos; também foi um dos primeiros no gênero de ficção científica. Poe era fascinado pela ciência de seu tempo e costumava escrever histórias sobre novas invenções.

As calúnias de Griswold pretendiam fazer com que o público rejeitasse Poe e suas obras, mas a biografia teve exatamente o efeito contrário: aumentou as vendas dos livros de Poe, como jamais durante a vida do autor. É possível dizer que Griswold criou a lenda de Poe que vive até hoje, enquanto ele mesmo é considerado apenas o primeiro biógrafo de Poe. Se pudesse prever o futuro, Poe teria escrito um belo conto satírico sobre esse fato.

---

[2] "Filosofia da composição". In: POE, E. A. Ficção completa, poesia & ensaios. Org., trad. e notas por Oscar Mendes, em colab. com Milton Amado. Rio de Janeiro, Aguilar, 1981. p. 911-20. Reitera sua teoria da unidade de efeito e os modos adequados de se conseguir tal unidade explicitando o seu processo consciente de composição.

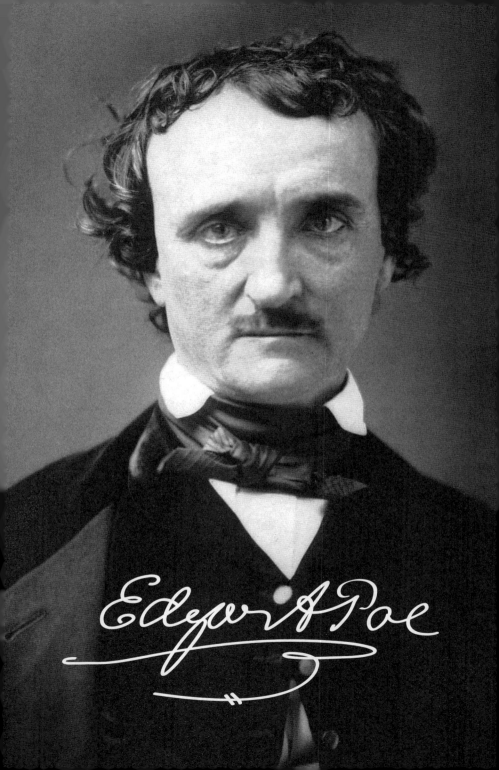

O GATO PRETO

Não espero nem peço que acreditem neste relato estranho, porém simples, que estou prestes a contar. Louco seria eu se o esperasse, em um caso onde meus próprios sentidos rejeitam o que eles mesmos testemunharam. Contudo, louco não sou – e com toda certeza não estou sonhando. Mas amanhã posso morrer, e quero hoje aliviar minha alma. Meu propósito imediato é apresentar ao mundo, de maneira clara e resumida, mas sem comentários, uma série de simples eventos domésticos. As consequências desses eventos me aterrorizaram, torturaram e destruíram. No entanto, não vou tentar explicá-los. Em mim, eles representaram pouco a não ser horror. Mas, para muitos, talvez pareçam menos repugnantes e mais barrocos. Quem sabe um dia alguma mente racional reduza meu fantasma a um lugar comum – alguma inteligência mais serena, mais lógica, e bem menos sensível que a minha, que há de perceber nas circunstâncias que relato com pavor nada mais do que uma sucessão comum de causas e efeitos muito naturais.

Desde a infância eu era notado pela doçura e pela humanidade de meu caráter. A ternura de meu coração era evidente, a ponto de fazer de mim objeto de gracejo de meus companheiros. Tinha uma afeição especial pelos animais, e fui mimado por meus pais com uma grande variedade de bichinhos de estimação. Passava a maior parte do meu tempo com eles, e nada me deixava mais feliz do que alimentá-los e acarinhá-los. Esse traço de meu caráter foi crescendo comigo, e, na idade adulta, fiz dele uma de minhas principais fontes de prazer. Àqueles que já experimentaram a afeição por um cão fiel e sagaz, dificilmente terei dificuldades em explicar a natureza ou a intensidade da satisfação que disso deriva. Há algo no amor abnegado e altruísta de um animal que fala diretamente ao coração daquele que tem a oportunidade frequente de provar da amizade desprezível e da frágil fidelidade do homem comum.

Casei-me cedo, e tive a sorte de encontrar em minha mulher uma disposição que não se contrapunha à minha. Ao observar minha queda por animais domésticos, não perdia a oportunidade de adquirir aqueles que mais me agradavam. Tivemos pássaros, peixinhos dourados, um cão maravilhoso, coelhos, um pequeno macaco e um gato.

Este último era um animal notadamente grande e belo, todo preto, e espantosamente esperto. Quando falávamos de sua inteligência, minha mulher, que no fundo era um tanto supersticiosa, fazia frequentes alusões à antiga crença popular segundo a qual todos os gatos pretos seriam bruxas disfarçadas. Não que alguma vez ela tenha falado sério quanto a isso – e aqui aludi ao fato apenas por ter me lembrado dele nesse momento.

Plutão – esse era o nome do gato – era meu animal de estimação favorito e meu companheiro inseparável. Só eu o alimentava, e ele me seguia por toda a casa. Era difícil até mesmo impedir que me seguisse pelas ruas.

Nossa amizade durou, dessa maneira, por vários anos, durante os quais meu temperamento e meu caráter em geral – por obra da intemperança demoníaca (e fico vermelho ao confessá-la) – passaram por uma alteração radical para pior. Tornei-me, dia após dia, mais melancólico, mais irritável, mais indiferente aos sentimentos alheios. Permitia-me falar de forma destemperada com minha esposa. E terminei por usar até mesmo de violência física. Meus animais de estimação, é claro, sentiram a mudança em minha disposição. Não apenas não lhes dava atenção alguma, como também os maltratava. Quanto a Plutão, entretanto, eu ainda conservava suficiente estima por ele para abster-me de maltratá-lo, como fazia sem nenhum escrúpulo com os coelhos, o macaco, e até mesmo com o cão, quando, por acidente ou por afeição, cruzavam meu caminho. Mas minha doença se agravava – pois qual doença se compara ao alcoolismo? – e, por fim, até mesmo Plutão, que agora estava ficando velho, e consequentemente um tanto rabugento, até mesmo Plutão começou a sofrer os efeitos de meu temperamento perverso.

Uma noite, ao voltar para casa muito embriagado de uma de minhas andanças pela cidade, tive a impressão de que o gato evitava minha presença. Agarrei-o; foi quando, assustado com a minha violência, ele me deu uma pequena mordida na mão. Uma fúria demoníaca possuiu-me no mesmo instante. Eu já não conhecia mais a mim mesmo. Meu espírito original pareceu, de repente, sair voando de meu corpo; e uma malevolência mais do que demoníaca, inflamada a gin, fez estremecer cada fibra de meu ser. Tirei do bolso do colete um canivete, abri-o, agarrei o pobre animal pela garganta e, deliberadamente, arranquei um de seus olhos da órbita! Eu coro, me consumo, estremeço enquanto relato a atrocidade abominável.

Quando a razão retornou com a manhã – quando já havia dissipado com o sono os vapores da orgia noturna –, senti um misto de horror e remorso pelo crime que havia cometido; mas foi, na melhor das hipóteses, um sentimento débil e confuso, pois minha alma permaneceu intocada. Mais uma vez mergulhei nos excessos, e logo afoguei no vinho todas as lembranças do feito.

Enquanto isso, o gato ia se recuperando pouco a pouco. A órbita do olho perdido exibia, é verdade, um aspecto assustador, mas ele não parecia mais sentir qualquer dor. Andava pela casa como de costume, mas, como era de se esperar, fugia aterrorizado quando eu me aproximava. Ainda restava muito de meu antigo coração para, de início, sentir-me magoado por essa evidente antipatia por parte do animal que um dia me amara tanto. Mas esse sentimento logo deu lugar à irritação. E então surgiu, como que para minha ruína final e irrevogável, o espírito da Perversidade. Esse espírito a filosofia não leva em consideração. Mas não estou mais certo de que minha alma vive quanto estou certo de que essa perversidade é um dos impulsos primitivos do coração humano – uma das faculdades, ou sentimentos, primários e indivisíveis que dão direção ao caráter do homem. Quem já não se surpreendeu centenas de vezes cometendo um ato vil ou tolo por nenhuma outra razão a não ser porque sabia que não deveria cometê-lo? Não há em nós uma perpétua inclinação, que enfrenta nosso bom senso, a violar aquilo que é Lei, simplesmente porque entendemos que a estaremos violando? Esse espírito de perversidade, como já disse, veio para minha ruína final. Foi esse incomensurável anseio da alma de espezinhar a si mesma – de violentar sua própria natureza e de fazer o mal pelo único desejo de fazer o mal – que me motivou a continuar e finalmente consumar a maldade que tinha causado ao animal inofensivo. Uma manhã, a sangue frio, passei pelo pescoço do gato uma corda e o enforquei no galho de uma árvore – enforquei-o enquanto lágrimas escorriam de meus olhos, e com o remorso mais amargo em meu coração. Enforquei-o porque sabia que ele tinha me amado e porque sentia que ele não tinha me dado motivo para agredi-lo. Enforquei-o porque sabia que assim fazendo estava cometendo um pecado – um pecado mortal – que comprometeria então minha alma imortal e a colocaria – se tal coisa fosse possível – além do alcance da infinita misericórdia do Deus mais misericordioso e mais terrível.

Na noite do dia em que cometi essa crueldade, fui acordado por um grito de "Fogo!". As cortinas da minha cama estavam em chamas. A casa inteira ardia. Foi com grande dificuldade que minha mulher, uma criada e eu conseguimos escapar do incêndio. A destruição foi total. Toda a minha riqueza terrena fora consumida e, desde então, entreguei-me ao desespero.

Não sucumbirei à fraqueza de procurar estabelecer uma relação de causa e efeito entre o desastre e a atrocidade. Mas estou relatando uma cadeia de acontecimentos, e não quero deixar nem um único elo solto. No dia seguinte ao incêndio, visitei as ruínas. Todas as paredes, com exceção de uma, tinham desabado. A exceção era uma parede divisória, não muito espessa, que ficava mais ou menos no meio da casa, e contra a qual se recostava antes a cabeceira de minha cama. O reboco, em grande parte, tinha resistido à ação do fogo – fato que atribuí à aplicação recente. Em frente a essa parede, uma grande multidão estava reunida e muitas pessoas pareciam examinar uma porção dela em especial com toda minúcia e atenção. As palavras "estranho!", "singular!" e outras expressões similares despertaram minha curiosidade. Aproximei-me e vi, gravado em baixo-relevo na superfície branca, a figura de um gato gigantesco. A impressão havia sido feita com uma precisão verdadeiramente assombrosa. Havia uma corda ao redor do pescoço do animal.

Quando contemplei pela primeira vez a aparição – pois não conseguia considerá-la como outra coisa –, minha admiração e meu terror foram extremos. Mas, com o passar do tempo, a reflexão veio em meu socorro. O gato, eu bem me lembro, tinha sido enforcado no jardim ao lado da casa. Com o alarme de incêndio, o jardim tinha sido imediatamente tomado pela multidão, e alguém ali presente deve ter retirado o animal da árvore e atirado, por uma janela aberta, para dentro do meu quarto. Isso, provavelmente, tinha sido feito com o intuito de me despertar. A queda das outras paredes deve ter comprimido a vítima de minha crueldade contra a massa do reboco recém-aplicado; a cal do reboco, juntamente com as chamas e o amoníaco da carcaça, deve ter produzido a imagem que eu acabara de ver.

Embora dessa forma tenha prontamente satisfeito à minha razão, não posso dizer o mesmo quanto à minha consciência, pois o episódio estarrecedor que acabei de detalhar não falhou em deixar uma profunda impressão em minha imaginação.

Por meses seguidos, não consegui me livrar do fantasma do gato; e, durante todo esse período, voltava ao meu espírito um meio-sentimento que parecia – mas não era – remorso. Cheguei até a lamentar a perda do animal e a procurar, nos antros torpes que agora frequentava amiúde, por outro da mesma espécie e de aparência similar para substituí-lo.

Uma noite, quando estava sentado, já meio atordoado, em um antro mais do que infame, minha atenção foi repentinamente atraída para um objeto negro que repousava sobre um dos imensos barris de gin, ou de rum, que constituíam a mobília principal do ambiente. Eu vinha olhando para o alto daquele barril por alguns minutos, e o que agora me causava surpresa era o fato de não ter percebido antes o objeto que lá estava.

Aproximei-me dele e o toquei com a mão. Era um gato preto – bem grande – tão grande quanto Plutão, e que se parecia muito com ele sob todos os aspectos, a não ser por um: Plutão não tinha um único pelo branco no corpo, mas esse gato tinha uma grande mancha branca, embora indefinida, que cobria quase toda a região do peito.

Quando o toquei, ele se levantou imediatamente, ronronou alto, esfregou-se contra a minha mão e pareceu satisfeito com a minha atenção. Essa, então, era exatamente a criatura que eu vinha procurando. Logo me ofereci para comprá-lo do proprietário; mas ele respondeu que não era o dono – não sabia nada sobre ele – e nunca o tinha visto antes.

Continuei a acariciá-lo, e quando me preparei para voltar para casa, o animal pareceu disposto a me acompanhar. Permiti que o fizesse; vez ou outra me abaixava e o afagava enquanto caminhávamos. Quando chegamos em casa, familiarizou-se logo e tornou-se imediatamente o grande favorito de minha mulher.

De minha parte, logo senti nascer dentro de mim uma antipatia por ele. Isso era exatamente o reverso do que eu esperava. Não sei como ou por que aconteceu, mas a evidente afeição do gato por mim causava-me asco e me incomodava. Pouco a pouco, esses sentimentos de asco e incômodo evoluíram, até se transformarem na amargura do ódio. Eu evitava a criatura; certo senso de vergonha e a lembrança do meu antigo ato de crueldade impediam que o maltratasse fisicamente. Por algumas semanas, não o maltratei ou usei de qualquer tipo de violência; mas, aos poucos – bem aos poucos – passei a vê-lo com indizível aversão e a fugir em silêncio de sua presença odiosa, como se fugisse de uma peste.

O que, sem dúvida, contribuiu para o meu ódio pelo animal foi a descoberta, na manhã seguinte a tê-lo trazido para casa, que, assim como Plutão, ele também tinha sido privado de um dos olhos. Essa circunstância, contudo, apenas o tornou mais estimado por minha mulher, que, como já havia dito, possuía, em alto grau, aquela humanidade de sentimentos que uma vez foi meu traço característico e a fonte de muitos de meus prazeres mais simples e mais puros.

Contudo, a afeição do gato por mim parecia aumentar na medida de minha aversão. Ele seguia meus passos com uma obstinação que seria difícil fazer o leitor compreender. Sempre que me sentava, ele se aninhava sob a minha cadeira, ou saltava nos meus joelhos e me cobria com suas carícias repugnantes. Se me levantava para andar, ele se colocava entre meus pés e quase me derrubava, ou cravava as garras longas e afiadas em minha roupa e escalava, dessa maneira, até meu peito. Nesses momentos, embora desejasse destruí-lo com um só golpe, eu me abstinha de fazê-lo, em parte pela memória de meu crime do passado, mas principalmente – deixe-me confessá-lo de vez – por absoluto pavor do animal.

Esse pavor não era exatamente um pavor pelo mal físico – e ainda assim eu não teria palavras para defini-lo de outra maneira. Fico quase envergonhado por admitir – sim, mesmo nessa cela de prisão, fico quase envergonhado por admitir – que o terror e o horror que o animal me inspirava tinham sido intensificados por uma das quimeras mais ordinárias que se poderia conceber. Minha mulher chamou-me a atenção, mais de uma vez, para a forma da marca de pelo branco da qual lhes falei anteriormente, e que constituía a única diferença visível entre o animal forasteiro e aquele que eu tinha destruído. O leitor há de lembrar de que essa marca, embora grande, era indefinida no princípio; mas, aos poucos – em um grau quase imperceptível, e que por um bom tempo minha razão lutou para rejeitar como sendo fruto da minha imaginação –, a marca, com o passar do tempo, assumiu um contorno de rigorosa distinção. Era agora a representação de uma coisa que estremeço em nomear – e por isso, acima de tudo, eu abominava, temia e me livraria do monstro se pudesse me atrever. Era agora, digo a vocês, a imagem de uma coisa horrível – de uma coisa medonha –, a imagem do enforcamento! Ah, triste e terrível máquina do horror e do crime, da agonia e da morte!

E agora eu estava, de fato, miserável, para além da miserabilidade humana. E um animal, cujo semelhante eu tinha assassinado de uma forma tão desprezível, um animal causava a mim – a mim, um homem, feito à imagem e semelhança de Deus – tanto desgosto insuportável! Ai de mim! Nem de dia nem à noite eu conseguia mais a benção do repouso! Durante o dia, a criatura não me deixava sozinha por um único momento; e à noite, eu acordava, de hora em hora, com pesadelos aterrorizantes, para sentir em meu rosto o hálito quente da coisa – um pesadelo encarnado que eu não tinha forças para espantar – e todo o seu peso jazendo eternamente sobre meu coração!

Sob a pressão de tormentos como esses, os restos esfarrapados do bem que havia em mim sucumbiram. Pensamentos perversos tornaram-se meus únicos amigos íntimos – os pensamentos mais sombrios e mais perversos. O mau humor habitual de meu temperamento progrediu para o ódio. Ódio de todas as coisas e de toda a humanidade. Enquanto isso, minha esposa, que de nada reclamava – ah, Deus! –, tornou-se a mais habitual e mais paciente vítima das explosões repentinas, frequentes e ingovernáveis de fúria às quais eu agora me abandonara cegamente.

Certo dia, ela me acompanhava, em algumas incumbências domésticas, ao porão da casa velha em que nossa pobreza nos obrigava agora a morar. O gato me seguia escada abaixo pelos degraus íngremes e, quase me fazendo cair de cabeça, levou-me à loucura. Levantei o machado, e esquecendo, em minha fúria, do pavor infantil que até agora vinha detendo minha mão, desferi um golpe no animal que, por certo, teria sido instantâneo e fatal, se o tivesse acertado como eu desejava. Mas o golpe foi desviado pela mão de minha mulher. Incitado pela interferência a uma ira mais do que demoníaca, retirei a arma de seu alcance e enterrei o machado no cérebro dela. Ela caiu morta a meus pés, sem sequer gemer.

Levado a cabo o monstruoso assassinato, entreguei-me de imediato, e com toda determinação, à tarefa de ocultar o cadáver. Eu sabia que não poderia retirá-lo da casa, nem durante o dia nem à noite, sem correr o risco de ser observado pelos vizinhos. Vários projetos passaram pela minha mente. No primeiro momento, pensei em cortar o cadáver em pequenos pedaços e incinerá-lo. Depois, considerei cavar uma sepultura para ele no chão do porão. Em outro momento, pensei em atirá-lo no poço do jardim – ou em colocá-lo em um caixote, como se fosse uma mercadoria, tomando as medidas de costume, e então arrumar um carregador para tirá-lo da casa. Por fim, cheguei ao que considerei um expediente muito melhor do que todos os outros e decidi emparedá-lo no porão, assim como se dizia que os monges da Idade Média faziam com suas vítimas.

O porão era bem adaptado a um propósito como este. As paredes eram construídas com material pouco resistente e tinham sido recém-rebocadas com um reboco rústico, que a umidade da atmosfera não permitiu endurecer. Além do mais, em uma das paredes havia uma saliência de uma falsa chaminé, ou lareira, que tinha sido preenchida e modificada para acompanhar o resto do porão. Não tive dúvida de que poderia retirar os tijolos daquele ponto com facilidade, colocar lá o cadáver e refazer a parede toda como antes, de modo que nenhum olho pudesse detectar nada suspeito.

E nesses cálculos não estava enganado. Com a ajuda de um pé de cabra, retirei com facilidade os tijolos e, tendo colocado o corpo cuidadosamente contra a parede interna, escorei-o naquela posição, enquanto, sem muita dificuldade, recolocava toda a estrutura como antes estava disposta. Depois de procurar por argamassa, areia e crina, com toda precaução, preparei uma massa que não se podia distinguir da antiga, e com ela fiz o novo trabalho de alvenaria. Quando terminei, fiquei satisfeito por tudo estar perfeito. A parede não apresentava o menor sinal de ter sido refeita. A sujeira do chão foi retirada com cuidado minucioso. Olhei ao redor triunfante, e disse a mim mesmo: "Então, pelo menos aqui, meu trabalho não foi em vão".

O próximo passo foi procurar a criatura que tinha sido a causa de tanta desgraça. Porque, depois de tudo, eu estava firmemente decidido a colocar fim à vida do animal. Se naquele momento o tivesse encontrado, não haveria dúvida quanto à sua sorte; mas, pelo visto, o animal ardiloso ficou alarmado com a violência de minha ira e absteve-se de se fazer presente diante de meu humor no momento. É impossível descrever ou imaginar a sensação profunda e maravilhosa de alívio que a ausência da criatura detestada causou em meu peito. Ele não apareceu naquela noite – e assim, por uma noite, pelo menos, desde que se introduziu na casa, dormi tranquilo e em paz. Sim, dormi, mesmo com o fardo do assassinato sobre minha alma!

O segundo e o terceiro dias se passaram, e meu atormentador ainda não aparecera. Mais uma vez, respirei como um homem livre. O monstro, aterrorizado, tinha fugido de casa para sempre! Eu não teria mais que olhar para ele! Minha felicidade era suprema! A culpa por meu ato sombrio perturbava-me pouco. Fizeram algumas perguntas, mas elas tinham sido prontamente respondidas. Fizeram até mesmo uma busca – mas, é claro, nada foi descoberto. Eu considerava garantida minha felicidade futura.

No quarto dia após o assassinato, um grupo de policiais bateu à minha porta, de forma bastante inesperada, e teve início uma nova e rigorosa investigação no local. Contudo, seguro quanto à impenetrabilidade do esconderijo, não me senti nem um pouco constrangido. Os oficiais me convidaram a acompanhá-los em sua busca. Não deixaram nenhum canto ou vão sem examinar. Por fim, pela terceira ou quarta vez, desceram ao porão. Não tremi um só músculo. Meu coração batia calmamente como o de alguém que dorme tranquilo. Andei pelo porão de um lado até o outro. Cruzei os braços sobre o peito e perambulei calmamente para lá e para cá. Os policiais estavam satisfeitos e já se preparavam para partir. O deleite em meu coração era forte demais para ser contido. Eu ardia para dizer-lhes ao menos uma palavra, como forma de triunfo e para confirmar outra vez que tinham certeza da minha inocência.

— Cavalheiros — eu disse por fim, enquanto o grupo subia os degraus —, fico feliz por haver eliminado suas suspeitas. Desejo a todos saúde e um pouco mais de cortesia. A propósito, senhores, esta é uma casa muito bem construída. — No afã de dizer alguma coisa com naturalidade, eu mal sabia o que estava dizendo. — Devo dizer, uma casa de construção excelente. Essas paredes – vocês já estão indo, senhores? – essas paredes são bem sólidas. — E então, no frenesi de minhas bravatas, dei uma batida forte com a bengala que segurava nas mãos naquela parte da alvenaria atrás da qual estava o cadáver da mulher do meu coração.

Mas que Deus me proteja e me livre das garras do demônio! O eco de minha batida nem tinha acabado de soar quando uma voz respondeu de dentro da parede! Um gemido, de início abafado e entrecortado, como o soluçar de uma criança, que depois foi crescendo rapidamente e se transformou em um grito alto, agudo e contínuo, completamente anômalo e inumano – um uivo –, um guincho de lamentação, metade de horror e metade de triunfo, como se tivesse vindo do inferno, de um esforço conjunto das gargantas dos condenados em sua agonia e dos demônios que se deleitam na danação.

Falar de meus pensamentos é tolice. Desfalecendo, cambaleei até a parede do lado oposto. Por um instante, o grupo na escada ficou paralisado, em um misto de extremo terror e estarrecimento. Em seguida, uma dúzia de braços corpulentos investia contra a parede, que veio abaixo. O cadáver, já bem decomposto e coberto de sangue coagulado, surgiu ereto diante dos olhos dos espectadores. Sobre a cabeça, com a boca vermelha escancarada e o olho solitário de fogo, estava sentada a criatura hedionda cujos ardis tinham me seduzido ao assassinato, e cuja voz delatora havia me condenado à forca. Eu tinha emparedado o monstro dentro da tumba!

A MÁSCARA DA MORTE VERMELHA

Enquanto a Morte Rubra dizima o povo, o príncipe encastela-se em uma de suas propriedades, inviolável construção, onde a peste jamais poderia adentrar. Blindando sua fortaleza das emanações da terrível epidemia, promove festas, bailes e todo o tipo de diversão. E lá permaneceria enquanto o mundo não anunciasse o fim do perigo. Num desses bailes, no entanto, uma presença chama a atenção de todos aqueles que se julgam invulneráveis.

Por muito tempo, a Morte Vermelha devastara o país. Nenhuma pestilência de outrora havia sido tão fatal ou tão terrível. O sangue era seu avatar e seu selo – a vermelhidão e o horror do sangue. As dores eram agudas, as tonturas repentinas e os poros sangravam sem parar, levando, por fim, à decomposição. As manchas escarlates sobre o corpo, em particular no rosto da vítima, eram o estigma da peste, que a privava da solidariedade e da compaixão de seus semelhantes. Em meia hora, a doença tomava conta, progredia e levava sua vítima ao fim.

Mas o príncipe Próspero era feliz, destemido e sagaz. Quando seus domínios haviam perdido já metade de sua população, convocou a presença de mil amigos sãos e destemidos dentre os cavalheiros e as damas de sua corte e, com eles, isolou-se em uma das abadias fortificadas de seu castelo. A estrutura era ampla e magnificente, fruto do gosto excêntrico e augusto do próprio príncipe. Uma muralha forte e alta a cercava com seus portões de ferro. Os cortesãos, ao entrarem, trouxeram consigo fornalhas e martelos para soldar os portões. Decidiram que não haveria nenhuma forma de ingresso do desespero lá de fora, nem de escape do frenesi de lá de dentro.

A abadia havia sido amplamente abastecida. Com tantas precauções, os membros da corte desafiariam facilmente o risco de contaminação. O mundo lá fora que cuidasse de si mesmo. Naquele momento, era tolice sofrer por ele ou se angustiar. O príncipe havia providenciado tudo o que seria necessário para que a estadia lá fosse prazerosa. Havia bufões, improvisadores, bailarinas, músicos. Havia a Beleza e havia vinho. Tudo isso podia ser encontrado do lado de dentro, assim como segurança. Lá fora, só havia a Morte Vermelha.

Depois de cinco ou seis meses de reclusão, e enquanto a doença se espalhava, impiedosa, do lado de fora, o príncipe Próspero decidiu entreter os milhares de amigos com um baile de máscaras da mais incomum magnificência. Ah! Que cenas voluptuosas as daquele baile de máscaras!

Mas, antes, permitam-me contar sobre os salões onde ele aconteceu. Era uma série imperial de sete salões – um palácio majestoso. Na maioria dos palácios, contudo, esses salões providenciavam uma vista ampla e direta: as portas dobráveis deslizavam para perto das paredes de qualquer lado, para que a vista daquele lugar não tivesse como ser impedida. Aqui, a história era diferente, o que já era esperado dado o amor do duque por tudo o que é bizarro. Os salões estavam tão irregularmente dispostos que só era possível ver um de cada vez. Havia uma curva íngreme a cada vinte ou trinta metros e, a cada virada, uma nova perspectiva. À direita e à esquerda, no meio de cada parede, uma janela gótica alta e estreita contemplava um corredor fechado que seguia as sinuosidades do conjunto. As janelas eram guarnecidas de vitrais cuja cor variava de acordo com a cor que prevalecia na decoração do salão para o qual se abriam. O salão da extremidade leste, por exemplo, fora decorado em azul, e assim também deveriam ser os vitrais. Toda a decoração e a tapeçaria do segundo salão eram púrpuras, e assim também as vidraças. O terceiro era inteiramente verde, e igualmente o eram os batentes das janelas. O quarto era mobiliado e iluminado com tons de laranja, o quinto em branco e o sexto em violeta. O sétimo salão era envolto em cortinas de veludo preto que pendiam desde o teto e deslizavam pelas paredes, caindo em dobras pesadas sobre um tapete de mesmo material e cor. Mas apenas nesse salão as cores das janelas não correspondiam às da decoração. As vidraças lá eram vermelho escarlate, cor de sangue. Em nenhum dos sete salões havia nenhuma lamparina ou candelabro entre a profusão de ornamentos dourados espalhados por todos os lados ou que pendiam do teto. Nenhuma luz emanava das lâmpadas ou de velas em qualquer dos salões. Mas, nos corredores que os acompanhavam, havia, na frente de cada janela, um pesado tripé, sustentando um braseiro incandescente, que projetava seus raios através dos vidros coloridos, iluminando intensamente o cômodo. Assim, se formavam várias aparições exóticas e fantásticas. Porém, no aposento oeste – ou o salão negro – o efeito do clarão sobre as cortinas negras, através das vidraças cor de sangue, era tão macabro, e dava uma aparência tão estranha às fisionomias dos que entravam, que pouquíssimos realmente tinham coragem suficiente de ultrapassar a entrada.

Havia nesse mesmo aposento, ainda, encostado na parede oeste, um gigantesco relógio de ébano. Seu pêndulo ia de um lado ao outro num tique-taque lento, produzindo um som surdo, pesado e monótono. Quando o ponteiro dos minutos já havia dado uma volta completa e a próxima hora já ia ser anunciada, vinha dos pulmões agudos do relógio um som claro, alto e profundo, extraordinariamente musical, mas vibrando em tom e ênfase tão peculiares que, a cada hora completa, os músicos da orquestra eram obrigados a fazer uma pausa momentânea em sua apresentação para ouvir aquele som. Os que dançavam eram obrigados a parar e um ar de desconcerto tomava toda a alegre companhia. Enquanto os carrilhões do relógio ainda soavam, observava-se que os mais afoitos empalideciam, enquanto os mais velhos e calmos passavam as mãos na testa como se estivessem no meio de algum devaneio ou meditação. Quando o barulho cessava completamente, um riso leve tomava conta do recinto. Os músicos se entreolhavam e riam de seu próprio nervosismo ou tolice, prometendo um ao outro, baixinho, que o próximo ecoar do relógio não lhes causaria o mesmo efeito. Mas, depois de sessenta minutos (que são três mil e seiscentos segundos do tempo que voa), o relógio tocava novamente, acompanhado do mesmo desconcerto, do mesmo tremor e da mesma meditação de antes.

Mas, apesar de tudo, a festa seguia alegre e suntuosa. Os gostos do duque eram peculiares. Ele tinha muito bom gosto para cores e efeitos. Desprezava as decorações da moda. Seus projetos eram audazes e grandiosos e seus conceitos reluziam com um bárbaro esplendor. Há quem o acharia louco, mas seus seguidores sabiam que não era. Era necessário ouvi-lo, vê-lo e tocá-lo para ter certeza de que seu juízo era perfeito.

Ele mesmo havia comandado a caprichosa decoração dos sete salões para a ocasião dessa grande festa. As fantasias tinham sido escolhidas segundo a sua orientação. Eram, sem dúvida, grotescas. Havia muito brilho, esplendor, coisas chamativas e espectrais – muito do que, desde então, pode-se ver em *Hernani*. Havia figuras humanas arabescas com membros e adornos desproporcionais. Havia delírios extravagantes como somente um louco criaria. Havia muito de belo, muito de atrevimento, muito de bizarrice, um pouco do terrível e não pouco de coisas que poderiam causar repugnância. Para lá e para cá, nas sete salas, uma multidão de sonhos se movimentava. E esses sonhos se contorciam por todos os lados, assumindo o matiz dos salões e fazendo a música intensa da orquestra parecer um eco de seus passos. Mas, logo o relógio de ébano, que ficava no salão aveludado, badalava. Então, por um momento, tudo parava e tudo silenciava, a não ser pelo som do relógio. Os sonhos permaneciam congelados onde estavam. Mas os ecos do carrilhão desvaneciam após terem durado apenas um instante, e um riso leve, meio reprimido, ecoava depois que o som morria. E logo depois a música começava novamente, os sonhos reviviam, rodopiavam de lá para cá mais alegres do que nunca, assumindo os matizes dos vários vitrais. Mas à câmara mais a oeste de todas as sete, nenhum mascarado se aventurava: pois a noite já avançava e lá os vitrais refletiam a luz de um vermelho ainda mais sanguíneo; e a escuridão dos cortinados horrorizava; e aqueles que chegassem a pisar nos tapetes negros ouviriam o som abafado do relógio de ébano, e o ouviriam mais solenemente enfático do que qualquer som que alcançava os ouvidos daqueles que se deleitavam na alegria dos demais salões. Havia muita gente nesses outros aposentos, e neles o coração da vida batia fervorosamente. E a festa continuou rodopiante, até o relógio soar meia-noite. Então a música parou, como já disse antes, e os que dançavam pararam também; e assim como em todas as outras vezes, uma atmosfera desconfortável imobilizou todas as coisas. Mas, dessa vez, o relógio faria doze badaladas. E por isso aconteceu talvez que um maior número de pensamentos, e mais demorados, se inserissem nas meditações daqueles que refletiam. E assim, também, antes que o último som da última badalada se tornasse silêncio, muitos dos convivas perceberam a presença de uma figura mascarada que, até então, não havia atraído a atenção de ninguém. Os rumores sobre a presença desse indivíduo disseminaram-se aos sussurros pelos salões. Enfim surgiu em toda a comitiva um burburinho, ou murmúrio, expressando desaprovação e surpresa – e depois, finalmente, terror, horror e aversão.

Em uma reunião de fantasmas como esta que estou pintando, pode-se imaginar que nenhuma aparição normal teria causado tal sensação. A verdade é que quase não havia limites impostos àquele baile de máscaras, mas o novo mascarado conseguiu encontrá-los e ultrapassar o próprio Herodes – excedendo os limites quase ilimitados de decoro do príncipe. Há fibras nos corações dos mais indiferentes que não podem ser tocadas sem despertar emoção. Até mesmo nos totalmente insensíveis, para quem a vida e a morte são brinquedos similares, há coisas que não admitem brincadeira. Todos pareciam agora sentir que não havia espirituosidade nem propriedade nos trajes e na conduta daquele estranho. Era uma figura alta e esquelética, envolta da cabeça aos pés com a mortalha do túmulo. A máscara que lhe ocultava o rosto imitava com tanta perfeição a rigidez do semblante de um cadáver, que até mesmo o melhor dos exames teria tido dificuldade em perceber o engano. E, no entanto, tudo isso deveria ser suportado, se não aprovado, pelos presentes. O mascarado tinha ido longe demais ao fantasiar-se de Morte Vermelha. Suas vestes estavam encharcadas de sangue – e a testa ampla, assim como todos os traços de seu rosto, estavam borrifados com horríveis manchas escarlate.

Quando os olhos do príncipe avistaram essa figura fantasmagórica (que, como que para melhor representar sua personagem, caminhava entre os dançarinos devagar e solenemente), ele foi tomado por convulsões, a princípio estremecendo de horror e asco, mas depois enrubescendo de raiva.

— Quem se atreve? — perguntou com voz rouca aos cortesãos que o cercavam. — Quem ousa nos insultar com essa brincadeira tão agressiva? Agarrem-no e arranquem-lhe a máscara, para sabermos quem teremos de enforcar ao amanhecer!

Quando proferiu essas palavras, o príncipe Próspero estava no salão leste ou azul. Elas ecoaram pelos setes salões, em alto e bom som, porque o príncipe era um homem destemido e robusto, e a música havia parado com um aceno de sua mão.

O príncipe estava no salão azul, rodeado por um grupo de cortesãos empalidecidos. Em um primeiro momento, enquanto ele falava, houve um pequeno movimento do grupo demonstrando a intenção de ir em direção ao intruso, que, naquele momento, também estava ao alcance das mãos, e agora, com passos determinados e imponentes, aproximava-se do príncipe. Mas com toda a sensação inominável que a figura mascarada havia causado no ânimo de todos, ninguém se atreveu a agarrá-lo. De modo que, desimpedido, ele passou a um metro do príncipe, enquanto os cortesãos, como que por impulso, se afastavam do centro do salão e se encolhiam contra as paredes. Ele continuou em seu caminho sem interrupção, com o mesmo passo solene e medido que havia chamado a atenção desde o início, do salão azul para o roxo – do roxo para o verde, do verde para o laranja, e daí até o branco e mesmo até o violeta, antes que qualquer movimento fosse feito para detê-lo.

Foi então que o príncipe Próspero, tomado pela raiva e com vergonha de sua covardia momentânea, correu pelos seis salões, sem que ninguém o seguisse, dado o terror que havia tomado conta de todos. Brandia no ar uma adaga desembainhada e se aproximou, em rápida impetuosidade, a três ou quatro passos da figura que se retirava, que, tendo chegado à extremidade do quarto de veludo, virou-se de súbito e confrontou o príncipe. Ouviu-se um grito agudo e a adaga caiu ao chão, brilhando no tapete preto – o mesmo sobre o qual caiu, morto, instantes depois, o príncipe Próspero.

Reunindo uma coragem súbita, dado o desespero do momento, um grupo de mascarados entrou correndo no salão negro, e, agarrando o mascarado, cuja figura alta permanecia ereta e imóvel à sombra do relógio de ébano, gritaram com um horror inexprimível ao perceberem que as vestes e a máscara cadavérica que haviam agarrado de forma tão violenta e agressiva não continham nenhuma forma humana tangível.

Só então reconheceram a presença da Morte Vermelha. Ela havia vindo como um ladrão na calada da noite. Um a um, os cortesãos tombaram nas paredes borrifadas de sangue dos salões da folia e morreram, cada um com o mesmo semblante de desespero com que haviam tombado. E o relógio de ébano parou de bater com o coração do último dos foliões. E as chamas das lamparinas se apagaram. E a Escuridão, a Ruína e a Morte Vermelha estenderam seu domínio sobre tudo.

O POÇO E O PÊNDULO

Impia tortorum longos hic turba furores sanguinis innocui, non satiata, aluit. Sospite nunc patria, fracto nunc funeris antro, mors ubi dira fuit vita salusque patent.[3]

Eu estava esgotado – mortalmente esgotado com aquela longa agonia; e quando, finalmente, me desamarraram e me foi permitido sentar, senti que estava perdendo os sentidos. A sentença – a temível sentença de morte – foi o último enunciado distinto que chegou aos meus ouvidos. Depois disso, o som das vozes dos inquisidores parecia fundir-se num imaginário e indeterminado zumbido. Ele transmitia à minha alma a ideia de rotação, talvez por associá-lo, em minha imaginação, ao som estrídulo de uma roda de moinho. Isso se deu apenas por um breve período, porque, em seguida, não ouvia mais nada. Ainda, por um momento, eu via; mas com que terrível exagero! Eu via os lábios dos juízes em suas togas negras. Eles pareciam brancos para mim – mais brancos do que a folha onde escrevo estas palavras – e grotescamente finos; finos por suas expressões de firmeza, de implacável determinação e de rigoroso desprezo

---

[3] Do latim: "Aqui por muito tempo os impiedosos torturadores nutriram o insaciável furor da turba pelo sangue dos inocentes. Agora que a pátria está a salvo, e o antro fúnebre foi destruído, onde antes havia morte surgem vida e bem-estar." Esta estrofe foi composta para os portões de um mercado que seria erguido no local onde ficava o Clube dos Jacobinos, em Paris.

pelo sofrimento humano. Via que os decretos daquilo que para mim era o Destino, ainda estavam sendo proferidos por aqueles lábios. Via que se torciam com um vozear letal. Via-os formar as sílabas do meu nome; e estremecia, pois o som não as seguia. Vi também, por alguns momentos de delirante horror, as suaves e quase imperceptíveis ondulações do tecido negro que recobria as paredes da sala. Depois, dirigi o olhar para as sete longas velas que estavam sobre a mesa. Inicialmente, elas exibiam o aspecto da caridade, e lembravam anjos brancos e esbeltos que me salvariam; a seguir, subitamente, a náusea mais mortífera recaiu sobre meu espírito e senti cada fibra do corpo vibrar como se eu tivesse tocado o fio de uma bateria galvânica, enquanto os vultos dos anjos se transformavam em aparições sem sentido, com cabeças de fogo, e eu percebia que deles não viria nenhum socorro. E então, penetrou na minha imaginação, como uma rica nota musical, o pensamento de como deveria ser doce descansar em um túmulo. O pensamento chegou suave e furtivamente, e parecia que um longo tempo havia transcorrido antes que conquistasse minha completa apreciação; mas, tão logo meu espírito começou, enfim, a senti-lo e entreter-se com ele, as figuras dos juízes desapareceram, como por encanto, da minha frente; as longas velas mergulharam no nada; suas chamas se extinguiram por completo; sobreveio o negror das trevas; todas as sensações pareciam tragadas de forma impetuosa como se a alma descesse ao Hades. Então, o universo era apenas silêncio, calmaria e noite.

Eu desmaiara, mas não vou dizer que havia perdido totalmente a consciência. O que restou dela não vou tentar definir, ou mesmo descrever; contudo, nem tudo estava perdido. No mais profundo sono – não! No delírio – não! Num desmaio – não! Na morte – não! Até no túmulo não está tudo perdido. Do contrário, não haveria imortalidade para o homem. Ao voltar do mais profundo dos sonos, rompemos a delicada teia de algum sonho. Porém, um segundo depois (por mais frágil que possa ter sido a teia), não nos recordamos de ter sonhado. No retorno à vida após o desmaio, há dois estágios: primeiro aquele da sensação de existência mental ou espiritual; segundo, aquele da sensação de existência física. Parece provável que se, ao atingir o segundo estágio, pudéssemos evocar as impressões do primeiro, acharíamos essas impressões eloquentes em memórias do outro lado do abismo. E esse abismo, o que é? Como podemos, enfim, distinguir sua sombra daquelas do túmulo? E as impressões do primeiro estágio, quando não deliberadamente lembradas, que voltam sem serem convidadas – mesmo após um longo intervalo –, enquanto tentamos imaginar, maravilhados, de onde teriam surgido? Aquele que nunca desmaiou não é a pessoa que enxerga estranhos palácios e rostos absurdamente familiares em brasas incandescentes; não é aquele que contempla tristes imagens flutuando no ar, que muitos não podem ver; não é quem pondera sobre o perfume de alguma flor desconhecida; nem é aquele que sente o cérebro ficar cada vez mais desconcertado com o significado de uma cadência musical que nunca antes despertara sua atenção.

Em meio às frequentes e cuidadosas tentativas de recordar, entre os intensos esforços para resgatar algum indício do estado de aparente anulação no qual minha alma havia entrado, houve momentos em que sonhei com o triunfo; houve breves períodos, muito breves, em que evoquei lembranças que a lúcida razão de uma época posterior provou serem relacionadas apenas àquela condição de aparente inconsciência. Esses vestígios de memórias falam, indistintamente, de figuras altas que se erguiam e me levavam, em silêncio, para baixo, para baixo – ainda mais para baixo – até que uma terrível vertigem me afligiu ao suscitar a ideia de que a descida poderia nunca ter fim. Falam também de um vago horror em meu coração, por causa da calmaria insólita desse mesmo coração. Depois, vem uma sensação de súbita imobilidade de todas as coisas, como se aqueles que me levavam (séquito espectral!) tivessem, em sua descida, superado os limites do ilimitado, e feito uma pausa em sua pesada tarefa. Em seguida, vem-me à mente a horizontalidade da superfície e a umidade; e, então, tudo é loucura – a loucura de uma memória que se agita entre coisas proibidas.

Subitamente, retornaram à minha alma o movimento e o som – o movimento tumultuoso do meu coração e, nos meus ouvidos, o som de suas batidas. Depois, uma pausa em que tudo se esvaziou. Em seguida, novamente o som, o movimento e o tato – uma sensação de formigamento penetrando meu corpo. Depois, a mera consciência da existência, sem pensamento – uma situação que durou muito tempo. Então, muito repentinamente, o pensamento, um estremecimento de terror, e um esforço árduo para compreender meu verdadeiro estado. Em seguida, um forte desejo de me entregar à insensibilidade. Depois, uma apressada reanimação da alma e um bem-sucedido esforço na execução de um movimento. E agora, a plena lembrança do julgamento, dos juízes, dos tecidos negros, da sentença, do mal-estar e do desmaio. Por fim, o completo esquecimento de tudo que se seguiu, de tudo que o transcorrer de um dia e o emprego de firmes esforços me permitiram recordar vagamente.

Até esse momento, eu não tinha aberto os olhos. Eu sentia que estava deitado de costas, desamarrado. Estiquei a mão e ela caiu pesadamente sobre algo úmido e duro. Deixei-a lá por muitos minutos, enquanto lutava para imaginar onde poderia estar e o que seria de mim. Eu ansiava por servir-me dos olhos, mas não tive coragem de fazê-lo. Temia meu primeiro olhar nos objetos que me rodeavam. Não que eu sentisse medo de ver coisas horríveis, mas me apavorava o receio de que não houvesse nada para ver. Finalmente, com temível desespero no coração, abri rapidamente os olhos. Meus piores pensamentos, então, estavam confirmados. O breu da noite eterna me circundava. Lutei para respirar. A intensidade da escuridão parecia me oprimir e sufocar. A atmosfera estava intoleravelmente sufocante. Permanecia inabalavelmente deitado, e esforcei-me para exercitar a razão.

Trouxe à mente os procedimentos inquisitoriais, e tentei, a partir desse ponto, deduzir qual era a minha real condição. A sentença havia sido pronunciada, e parecia-me que um longo período de tempo transcorrera desde então. Contudo, em nenhum momento supus que estivesse realmente morto. Esse tipo de suposição, apesar do que lemos na ficção, é totalmente incompatível com a existência real; mas onde e em que estado eu me encontrava? Os condenados à morte, eu sabia, normalmente pereciam nos autos de fé, e um deles fora realizado precisamente na noite do dia de meu julgamento. Teria sido eu reconduzido ao calabouço para aguardar o próximo sacrifício, que só aconteceria dali a muitos meses? Isso, eu logo percebi que não poderia ser. As vítimas haviam sido imediatamente requisitadas. Além do mais, meu calabouço, assim como todas as celas dos condenados de Toledo, tinha o chão de pedras, e não era de todo privado de luz.

Agora, uma temível ideia, subitamente, impulsionava meu sangue em torrentes para o coração e, por um breve período, recaí outra vez na insensibilidade. Ao recobrar os sentidos, imediatamente pus-me de pé, tremendo convulsivamente em cada fibra. Lancei meus braços vigorosamente para cima e ao meu redor, em todas as direções. Não senti nada; ainda assim, temia dar um passo com receio de ir de encontro às paredes de um túmulo. O suor brotava de todos os poros, e grossas gotas frias se formavam em minha testa. A agonia do suspense tornou-se, enfim, insuportável, e eu cautelosamente me movi para a frente com os braços estendidos e os olhos saindo das órbitas, na esperança de capturar alguma réstia de luz. Avancei vários passos, mas tudo era ainda escuridão e vazio. Respirei mais livremente. Parecia evidente que não era a minha, de qualquer forma, a pior das sinas.

Enquanto continuava, ainda, a avançar cautelosamente, invadiram-me a memória, em tropel, mil rumores vagos dos horrores de Toledo. Sobre aqueles calabouços, narravam-se estranhos acontecimentos – sempre os considerei fábulas, mas estranhos e assustadores demais para serem repetidos, exceto num sussurro. Teria sido eu abandonado para morrer de fome nesse subterrâneo mundo de trevas? Ou que outro destino, talvez ainda mais macabro, me aguardava? Que o resultado seria a morte, e uma morte mais cruel do que de costume, eu não duvidava, pois conhecia muito bem o caráter dos meus juízes. O método e a hora eram tudo que me ocupava ou distraía.

Minhas mãos estendidas, finalmente, encontraram um obstáculo sólido. Era uma parede, aparentemente de pedra – muito lisa, pegajosa e fria. Acompanhei-a com passos cuidadosos e hesitantes, como me haviam inspirado algumas narrativas antigas. Esse processo, entretanto, não me forneceu meios de determinar as dimensões do calabouço, já que podia percorrer toda sua extensão e voltar ao ponto de partida sem me dar conta disso, tão perfeitamente uniforme parecia a parede. Assim sendo, procurei a faca que estava em meu bolso quando fora levado à sala inquisitorial; mas não estava lá; minhas roupas haviam sido substituídas por um camisolão áspero de sarja. Pensara em forçar a lâmina da faca em alguma pequena fissura da parede para demarcar meu ponto de partida. A dificuldade, contudo, era insignificante – embora, no início, a desordem da minha imaginação a fizesse parecer insuperável. Rasguei uma parte da bainha da minha veste e a estendi no chão, em ângulo reto com a parede. Tateando meu caminho pelo recinto, não poderia deixar de encontrar o retalho no final do circuito. Ao menos, era o que eu pensava, mas eu não contara com o tamanho do calabouço ou com minha própria debilidade. O chão estava úmido e escorregadio. Cambaleando, segui adiante um pouco até me desequilibrar e cair. A fadiga excessiva induziu-me a ficar deitado, e logo fui tomado pelo sono, naquela posição.

Ao despertar e esticar um braço encontrei ao meu lado um pão e um jarro de água. Estava fatigado demais para refletir sobre essa circunstância, mas bebi e comi com avidez. Pouco depois disso, recomecei meu percurso pela prisão e, andando com dificuldade, finalmente encontrei o fragmento de pano. Até o momento em que caí, eu havia contado cinquenta e dois passos, e, depois que retomei a caminhada, contei mais quarenta e oito antes de chegar ao retalho de pano. Havia ao todo cem passos, então, e, considerando dois passos para cada metro, deduzi que o calabouço tivesse um circuito de cinquenta metros. Deparei-me, todavia, com muitos ângulos na parede e, dessa forma, não conseguia adivinhar o formato da cripta; pois uma cripta era algo que eu não poderia deixar de supor que fosse.

Eu tinha pouco propósito e, certamente, nenhuma esperança nessas investigações, mas uma vaga curiosidade me impeliu a prosseguir com elas. Deixando de lado a parede, resolvi atravessar a área do recinto. No início, procedia com extremo cuidado, pois o chão, apesar de parecer de material bem sólido, era traiçoeiramente recoberto de limo. Afinal, tomei coragem e não hesitei em pisar com firmeza, tentando atravessá-lo o mais retamente possível. Já havia avançado uns dez ou doze passos assim, quando o retalho da bainha da minha veste se enroscou em minhas pernas. Tropecei nele e caí violentamente de bruços.

Na confusão que se seguiu à minha queda, não percebi de imediato uma circunstância um tanto alarmante, que, em poucos segundos, enquanto ainda jazia de bruços, chamou minha atenção. Era a seguinte: meu queixo estava apoiado no chão da prisão, mas meus lábios e a porção superior de minha cabeça, embora, aparentemente, menos elevados do que o queixo, não tocavam em nada. Ao mesmo tempo, minha testa parecia banhada por um vapor pegajoso, e um odor peculiar de fungos em decomposição penetrou minhas narinas. Estendi meu braço e estremeci ao perceber que havia caído bem na beirada de um poço circular, cuja profundidade não tinha meios de determinar naquele momento. Tateando a parede logo abaixo da borda, consegui remover um pequeno fragmento e soltá-lo no abismo.

Por muitos segundos, acompanhei com meus ouvidos as reverberações de seus encontros com as paredes ao longo da queda; por fim, houve um sombrio mergulho na água, sucedido por ruidosos ecos. Nesse exato momento, ouvi um som que parecia a rápida abertura e o pronto fechamento de uma porta, enquanto um pequeno lampejo de luz que rompera a escuridão desaparecia da mesma forma que surgira.

Vi claramente o destino que havia sido preparado para mim e me regozijei com o oportuno acidente do qual escapara. Outro passo antes da minha queda, e o mundo não me veria mais. E a morte, há pouco evitada, tinha exatamente o caráter daquelas que eu considerava fantasiosas e frívolas nas histórias a respeito da Inquisição. Às vítimas de sua tirania, havia a opção da morte com suas medonhas agonias físicas, ou a morte com os mais perversos horrores morais. A mim, coube a última. O longo sofrimento debilitou meus nervos a ponto de eu tremer com o som da minha própria voz, e tornar-me, em todos os aspectos, a vítima certa para os tipos de tortura que me aguardavam.

Tremendo em cada membro, apalpei meu caminho de volta até a parede, decidindo morrer ali, em vez de arriscar-me nos terrores dos poços que minha imaginação agora espalhava por vários lugares do calabouço. Em outro estado de espírito, eu poderia ter tido a coragem de dar fim à minha miséria mergulhando de uma vez em um desses abismos, mas, nesse momento, eu era o mais completo covarde. Tampouco podia esquecer o que lera sobre esses poços – que a súbita extinção da vida não fazia parte de seus planos mais horripilantes.

A agitação do espírito manteve-me acordado por muitas longas horas, mas, enfim, caí no sono. Ao acordar, encontrei ao meu lado, como antes, um pão e um jarro de água. Uma sede desesperadora me consumia e, num só trago, esvaziei o recipiente. Devia conter alguma droga, pois, pouco depois de tê-la consumido, fiquei incontrolavelmente sonolento. Um sono profundo se abateu sobre mim – como o sono da morte. Quanto tempo durou, é claro, eu não sei, mas, novamente, quando abri os olhos, os objetos ao meu redor estavam visíveis. Graças a um extraordinário brilho sulfuroso, cuja origem não consegui determinar, pude enxergar a dimensão e o aspecto da prisão.

Estava muito enganado em relação a seu tamanho. O perímetro total de suas paredes não excedia vinte e cinco metros. Por alguns minutos, esse fato me causara um mundo de vãs preocupações – vãs, de fato! O que poderia ter menos importância, sob aquelas terríveis circunstâncias que me circundavam, do que as meras dimensões do meu calabouço? Mas minha alma concentrou, e muito, seu foco em coisas insignificantes, e eu me ocupei na tentativa de esclarecer o erro que havia cometido em minhas medições. A verdade, enfim, veio à luz. Na minha primeira tentativa de exploração, havia contado cinquenta e dois passos até o momento em que caí, eu devia estar a um ou dois passos do retalho de sarja, na verdade, eu havia quase terminado o circuito da cripta. Então, adormeci, e, ao acordar, devo ter refeito os mesmos passos de antes – o que me levou a acreditar que o circuito tinha o dobro de seu real tamanho. Minha confusão mental impediu-me de observar que havia iniciado o percurso tendo a parede do lado esquerdo, e terminado com a parede do lado direito.

Estava enganado também quanto ao formato do recinto. Ao tatear meu caminho, havia encontrado vários ângulos, e, por isso, inferido a ideia de grande irregularidade – tão poderoso é o efeito da treva sobre aquele que está despertando da letargia ou do sono! Os ângulos não eram nada além dos cantos de umas poucas depressões ou nichos, a intervalos variados. O formato geral da prisão era quadrado. O que eu tomara por alvenaria parecia agora ser ferro, ou algum outro metal, em enormes placas, cujas suturas ou junções ocasionavam as depressões. A superfície inteira desse recinto de metal estava toscamente pintada com todas essas imagens medonhas e repulsivas, às quais as superstições sepulcrais dos monges tinham dado origem. Figuras demoníacas em poses ameaçadoras, com formas de esqueleto, e outras imagens temíveis se espalhavam e desfiguravam as paredes. Observei que os contornos dessas monstruosidades eram suficientemente distintos, mas suas cores eram desbotadas e borradas, como que pelo efeito da atmosfera úmida. Agora notava também o chão, que era de pedra. Ao centro, escancarava-se a abertura circular do poço, de cujas mandíbulas eu havia escapado; porém, esse era o único que havia no calabouço.

Tudo isso, eu enxerguei indistintamente e com muito esforço – pois minha condição pessoal havia mudado muito durante o sono. Estava agora deitado de costas, com todo meu corpo estendido, sobre uma espécie de estrado baixo de madeira. Estava firmemente preso a ele por uma longa correia semelhante a uma sobrecilha. Ela dava muitas voltas sobre meus membros e meu corpo, deixando livres apenas minha cabeça e meu braço esquerdo, de modo que eu pudesse, empregando muita força, servir-me da comida de um prato de cerâmica colocado ao meu lado, no chão. Vi, para meu horror, que o jarro havia sido removido. Digo para meu horror, pois era consumido por uma sede insuportável. Essa sede parecia ser intencionalmente estimulada por meus perseguidores, pois a comida do prato era carne excessivamente temperada.

Olhando para cima, explorei o teto da minha prisão. Tinha uns dez ou doze metros de altura, e era construído de modo semelhante ao das paredes laterais. Em um de seus painéis, uma figura muito singular captou minha total atenção. Era uma pintura do Tempo como normalmente é representada, a não ser pelo fato de, no lugar de uma foice, segurar algo que, num primeiro olhar, supunha ser a imagem de um enorme pêndulo, como aqueles que vemos em relógios antigos. Havia algo, entretanto, na aparência daquele mecanismo, que me levou a olhá-lo mais atentamente. Enquanto o fitava diretamente lá no alto (pois estava posicionado exatamente acima de mim), imaginei tê-lo visto mover-se. Um instante depois, minha imaginação se confirmava. Seu balanço era curto e, obviamente, lento. Observei-o por alguns minutos com certo receio e alguma surpresa. Cansado, enfim, de observar seu monótono movimento, voltei os olhos para os outros objetos da cela.

Um leve ruído atraiu minha atenção e, olhando para o chão, vi ratos enormes atravessando-o. Tinham emergido do poço, que estava à minha vista, do lado direito. Mesmo enquanto os observava, eles subiam em bandos, apressadamente, com olhos esfomeados, atraídos pelo cheiro da carne. A partir desse momento, muito esforço e atenção da minha parte foram necessários para espantá-los.

Deve ter passado meia hora ou talvez uma (pois não podia ter uma noção precisa do tempo) antes que eu voltasse novamente os olhos para cima. O que vi me deixou confuso e perplexo. A amplitude do movimento do pêndulo havia aumentado em aproximadamente um metro. Como consequência natural disso, sua velocidade também era bem maior. Porém, o que mais me perturbava era a ideia de que ele havia perceptivelmente descido. Observava agora – é desnecessário dizer com que horror –, que sua porção inferior era formada por uma meia-lua de aço reluzente de cerca de trinta centímetros de comprimento de ponta a ponta; as extremidades apontavam para cima e o gume da parte inferior era tão afiado quanto o de uma navalha. Assim como uma navalha, o pêndulo parecia maciço e pesado, e ia afunilando-se em direção a uma estrutura sólida e ampla, acima. Estava preso a uma haste pesada de bronze, e o conjunto sibilava a cada oscilação pelo ar.

Não podia mais duvidar do destino preparado para mim pela inventividade dos monges no que diz respeito à tortura. Minha descoberta do poço havia chegado ao conhecimento dos agentes da inquisição – o poço, cujos horrores haviam sido destinados a um impertinente recusador como eu – um poço típico do inferno, considerado a Última Thule de todas as suas punições. O mergulho nesse poço, eu tinha evitado pelo mais mero acidente, e sabia que a surpresa – ou cilada da tortura – era um elemento importante para esse cenário grotesco de mortes no calabouço. Tendo-me esquivado da queda, não era parte do plano demoníaco arremessar-me no poço; sendo assim (na ausência de outra alternativa), outra forma mais branda de destruição me esperava. Mais branda! Quase sorri em minha agonia ao pensar em tal uso desse termo.

De que adianta discorrer sobre as longas e longas horas de horror mais que mortal, durante as quais contava os apressados balanços do aço? Centímetro por centímetro, linha por linha, com a aproximação percebida apenas em intervalos que pareciam séculos, descia a lâmina! Dias se passaram – podem ter sido muitos – antes que ela balançasse tão perto, a ponto de me abanar com seu forte bafo. O odor do aço afiado invadia-me as narinas. Eu rezei. Fatiguei os céus com minha prece para que ela descesse mais rapidamente. Estava freneticamente enlouquecido, e lutava para fazer-me atingir pelo movimento da cimitarra. Então, subitamente, senti-me calmo. Imóvel, apenas sorria para a resplandecente morte, como sorri uma criança para um incomum penduricalho.

Seguiu-se mais um intervalo de absoluta insensibilidade – foi breve – e, quando estava novamente reanimado, não havia mais descidas perceptíveis do pêndulo. Mas pode ter sido longo, pois eu sabia que havia demônios que observavam meu desfalecimento e que podiam, com prazer, ter suspendido sua oscilação. Depois de recobrar os sentidos, sentia-me também – oh, tão doente e fraco que mal posso expressar –, como se tivesse passado por um longo período de inanição. Mesmo em meio às agonias do momento, a natureza humana suplicava por comida. Com um doloroso esforço, estiquei meu braço o mais distante que minhas correias permitiam e apossei-me dos restos que os ratos haviam deixado. Tão logo introduzi uma porção da comida entre meus lábios, um sentimento semipleno de alegria – de esperança – se formou em meu espírito. Afinal, o que poderia eu querer com a esperança? Era, como disse, um sentimento semipleno – os homens têm tantos desses que nunca se tornam plenos. Senti que era de alegria, de esperança, mas sentia também que tinha perecido durante sua formação. Em vão, tentei aperfeiçoá-lo, reconquistá-lo. O longo sofrimento tinha aniquilado todas as minhas faculdades comuns de pensamento. Era um imbecil, um idiota.

A oscilação do pêndulo se dava em ângulo reto em relação ao comprimento do meu corpo. Dado o meu posicionamento, percebia que a meia-lua deveria propositalmente atravessar a região do coração. Ela desgastaria a sarja de meu robe, recuaria e repetiria essa operação outra vez, e outra vez, e de novo. Não obstante a oscilação terrivelmente ampla (algo em torno de nove ou dez metros) e o assovio do vigor de sua descida, suficiente para cindir as próprias paredes de ferro da cripta, um estrago em meu robe seria tudo que ela faria durante vários minutos. E, com esse pensamento, permaneci. Não queria refletir sobre algo além desse ponto. Demorei-me nele com uma tenaz atenção, como se, ao fazer isso, pudesse cessar a descida da lâmina. Forcei-me a ponderar sobre o som que a meia-lua faria ao passar pela minha veste, sobre a arrepiante sensação peculiar que a fricção do tecido causa aos nervos. Ponderei sobre todas essas frivolidades até me rangerem os dentes.

Para baixo, ela se movia decididamente para baixo. Sentia uma desvairada alegria em comparar seu movimento descendente com sua velocidade lateral. Para a direita, para a esquerda, mais longe e mais perto, com o guincho de um espírito amaldiçoado; em direção ao meu coração com o passo furtivo de um tigre! Eu ria ou gritava alternadamente, de acordo com a ideia que predominava.

Para baixo, segura e implacavelmente para baixo! Ela oscilava a menos de dez centímetros do meu peito! Eu lutava energica-mente, furiosamente para libertar o meu braço. Ele estava livre apenas do cotovelo até a mão. Eu podia alcançar o que estava no prato ao meu lado e levar até a boca, mas nada mais do que isso. Rompendo as amarras acima do cotovelo, eu poderia tentar agarrar o pêndulo e cessar seu movimento. Seria o mesmo que tentar deter uma avalanche.

Para baixo, ainda incessantemente, ainda inexoravelmente para baixo! Eu arfava e me debatia a cada oscilação. Meus olhos seguiam os movimentos de ida e de volta com a impaciência do insensato desespero; eles se fechavam espasmodicamente com sua descida, embora a morte soasse como um alívio – Oh! quão indescritível! Ainda tremia em cada nervo ao pensar em quão insignificante bastava ser o movimento descendente do mecanismo para precipitar aquele afiado machado sobre o meu peito. Era a esperança que fazia tremer meus nervos e encolher o corpo. Era a esperança – a esperança que triunfa sobre o suplício – que murmurava nos ouvidos dos sentenciados à morte, mesmo nas masmorras da Inquisição.

Vi que mais dez ou doze vaivéns poriam o metal em contato com meu robe, e com essa observação, repentinamente, meu espírito foi tomado de uma penetrante serenidade ante o desespero completo. Pela primeira vez em muitas horas – ou talvez dias – eu refleti. Ocorreu-me que a correia ou sobrecilha que me mantinha preso não tinha emendas, era uma peça única. O primeiro golpe transversal da lâmina sobre a amarra faria com que ela se rompesse e eu poderia soltá-la usando minha mão esquerda. Contudo, quão temível seria, nesse caso, a proximidade da lâmina! Quão mortal seria o resultado do mais sutil movimento! Seria verossímil que os subalternos do torturador não tivessem previsto essa possi-bilidade e se precavido contra ela? Qual seria a possibilidade de que a correia cruzasse meu coração bem no trajeto do pêndulo? Temendo perder minha leve e, aparentemente, última esperança, elevei a cabeça para ter uma visão nítida de meu peito. A sobrecilha cobria várias partes do meu corpo em todas as direções, exceto no caminho de destruição da lâmina. Mal havia devolvido minha cabeça novamente à sua posição original, quando lampejou em minha mente algo que não posso descrever melhor senão como a metade incompleta daquela ideia de libertação à qual me referira anteriormente e que vagava inconclusa e sem rumo por meu cérebro enquanto levava comida a meus lábios ressecados. A ideia, agora, estava presente em minha mente – fraca, pouco sensata, imprecisa –, mas ainda assim, inteira. Imediatamente, com a vigorosa energia do desespero, procedi à tentativa de pô-la em execução. Fazia já algumas horas que as proximidades do estrado, sobre o qual estava deitado, estavam infestadas de ratos. Eles eram agressivos, ousados e vorazes; seus olhos vermelhos voltavam-se para mim, como se esperassem minha imobilidade para transformar-me em presa. "A que espécie de comida", pensei eu, "eles teriam se acostumado, aqui no poço?"

Eles tinham devorado tudo, apesar de todos os meus esforços em evitá-lo, que o prato continha, exceto algumas sobras, que lá permaneciam. Eu havia adquirido o hábito de, continuamente, agitar a mão para lá e para cá ao redor do prato, mas a regularidade dos movimentos tornara inócua a ação. Em sua voracidade, os abjetos animais, constantemente, cravavam suas pontiagudas presas em meus dedos. Recolhi algumas poucas sobras da carne gordurosa e muito temperada que havia no prato, e as esfreguei energicamente por todas as partes da correia que eu podia alcançar; depois, retirando minha mão do chão, permaneci imóvel, praticamente sem respirar.

Inicialmente, os vorazes animais ficaram espantados e arredios por causa da mudança – da cessação do movimento. Eles recuavam, e muitos entravam no poço. Mas isso se deu por um curto tempo. Não fora em vão que eu tinha contado com a voracidade deles. Ao perceberem que eu continuava imóvel, um ou dois dos mais ousados pularam sobre o estrado e cheiraram a sobrecilha. Esse pareceu o sinal para a correria geral. Saindo do poço, vinham novos bandos.

Eles se agarravam à madeira, corriam por ela e pulavam às centenas sobre meu corpo. O movimento cadenciado do pêndulo não os perturbava em nada. Desviando de seus golpes, eles se ocupavam da correia besuntada. Eles se espremiam e se amontoavam cada vez mais sobre mim. Eles se debatiam sobre o meu pescoço; sentia seus lábios frios tocando os meus; estava quase sufocando com a pressão dessa aglomeração; um asco, para o qual o mundo ainda não criara um nome estufava meu peito e enregelava meu coração com sua espessa viscosidade. Apenas mais um minuto, e eu sentia que a batalha chegaria ao fim. Percebi claramente o afrouxamento da correia. Sabia que, em mais de um ponto, ela já deveria estar rompida. Com uma obstinação sobre-humana, permaneci imóvel.

Não tinha nem errado meus cálculos, nem lutado em vão. Senti, enfim, que estava livre. A sobrecilha pendia do meu corpo em tiras. Mas o golpe do pêndulo resvalava no meu peito. Ele havia partido a sarja do meu robe e já havia atingido a camisa de linho logo abaixo. Mais duas vezes ele balançou e uma sensação aguda de dor se espalhou por cada nervo. Mas o momento de escapar havia chegado. Com um abano da minha mão, meus libertadores fugiram em tropel. Com um movimento seguro – cuidadoso, lateral, retraído e lento – eu me esquivei do abraço da correia e do alcance da cimitarra. Naquele momento, ao menos, estava livre.

Livre! – e nas garras da Inquisição. Eu nem bem havia deixado a horrenda cama de madeira para pôr-me de pé no chão de pedra da prisão, quando o movimento da diabólica máquina cessou e eu a vi ser recolhida, por alguma força invisível, para além do teto. Essa é uma lição que eu levei desesperadamente a sério. Cada movimento meu era, indubitavelmente, vigiado. Livre! Eu escapara da morte sob uma forma de agonia, para ser entregue a outra pior do que a morte. Com esse pensamento, girei meus olhos nervosamente pelas barreiras de ferro que me cercavam. Algo incomum, alguma mudança que eu não notara, inicialmente, de maneira clara, era óbvio, tinha ocorrido no ambiente. Durante vários minutos, absorto em um trêmulo devaneio, ocupei-me, em vão, de conjecturas desconexas. Nesse período, dei-me conta, pela primeira vez, da origem do brilho sulfuroso que iluminava a cela. Ele provinha de uma fissura de cerca de um centímetro e meio, que se estendia pelo perímetro da prisão na base das paredes, que pareciam, e estavam, completamente destacadas do chão. Eu tentei é claro, em vão, espiar através da abertura.

Quando me reerguia da tentativa, o mistério da alteração na câmara tornou-se imediatamente evidente. Eu observara que, apesar de os contornos das figuras nas paredes serem nítidos, as cores pareciam borradas e indefinidas. Essas cores haviam assumido, agora, e continuavam momentaneamente assumindo, um brilho mais assustador e intenso, que dava às imagens espectrais e diabólicas um aspecto capaz de fazer estremecer nervos mais firmes do que os meus próprios. Olhos de demônio, de uma vivacidade selvagem e perversa, me encaravam de todos os lados, onde nunca avistara nada, e cintilavam com o brilho lúgubre do fogo, o qual não podia considerar algo irreal.

Irreal! Quando eu respirava, chegava-me às narinas um cheiro do vapor de ferro aquecido! Um odor sufocante impregnava a prisão. Uma incandescência cada vez mais profunda se fixava nos olhos daqueles que fitavam minhas agonias! Um matiz mais forte de carmim difundia-se sobre os horrores de sangue ali representados nas pinturas. Eu ofegava! Arfava em busca de ar! Não pairava dúvida quanto às intenções de meus atormentadores – oh! mais impiedosos! oh! mais demoníacos dos homens! Recuei do metal incandescente em direção ao centro da cela. Em meio ao pensamento da ameaça de destruição pelo fogo, a ideia de frescor evocada pelo poço servia como um bálsamo para a minha alma. Aproximei-me apressadamente de sua mortal beirada. Olhei para o fundo com apreensão. O brilho do teto em chamas revelava todos os recantos. Outra vez meu espírito, por um instante, se recusava a entender o sentido do que via. E finalmente irrompeu – forçou seu caminho até minha alma – gravou com fogo minha mente trêmula. Oh! Se eu pudesse falar! – oh! horror! – oh! qualquer horror, menos esse! Com um grito, me afastei da margem e enterrei o rosto nas mãos, chorando amargamente.

O calor aumentou rapidamente, e novamente olhei para cima tremendo como num pico de febre. Houve uma segunda mudança na cela – dessa vez, a mudança era na forma. Como antes, foi em vão que tentei entender ou apreciar o que havia acontecido. Mas a dúvida não persistiu por muito tempo. A vingança dos inquisidores fora precipitada pelas minhas duas tentativas de fuga e não haveria mais gracejos com o Rei dos Terrores. A câmara, antes, era quadrada. Agora notava que dois de seus ângulos de ferro eram agudos – os outros dois, consequentemente, obtusos. A temível diferença logo aumentou, acompanhada por um ruído surdo ou um rangido. Em um instante o recinto tomou a forma de um losango. Mas a mudança não parava aí – e eu tampouco esperava ou desejava que parasse. Eu poderia ter arrastado as paredes até meu peito para usá-las como vestes da paz eterna. "Morte", eu disse, "qualquer morte, menos a do poço"! Tolo! Não deveria eu saber que dentro do poço estava o motivo pelo qual era impelido pelas paredes incandescentes de ferro? Poderia eu resistir a seu fulgor? Ou, então, poderia eu suportar sua pressão? E agora, cada vez mais achatado se tornava o losango, com uma rapidez que me impedia de continuar contemplando o fato. Seu centro, e, claro, sua porção mais larga posicionava-se sobre a abertura escancarada. Eu recuei, mas a pressão das paredes me empurrava para a frente sem que eu pudesse resistir. Finalmente, de meu corpo queimado e contorcido, separavam-me apenas alguns centímetros de apoio para os pés no chão firme da prisão. Não combatia mais, mas a agonia da minha alma desafogou-se num derradeiro grito de desespero longo e alto. Senti que me desequilibrava sobre a borda. Desviei os olhos.

Houve um ruído discordante de vozes humanas. Depois, o soprar alto de muitas trombetas! E um forte estampido como de mil trovões. As paredes incandescentes recuaram. Um braço estendido agarrou-me enquanto eu tombava, quase desfalecido, para dentro do abismo. Era o general Lasalle. O exército francês entrara em Toledo. A Inquisição caíra nas mãos de seus inimigos.

A QUEDA DA CASA DE USHER

Son coeur est un luth suspendu; Sitôt qu'on le touche il résonne.[4]
Béranger

Durante todo um dia enfadonho, escuro e silencioso de outono, quando as nuvens pendiam opressivas e baixas no firmamento, percorri sozinho, a cavalo, um trecho singularmente lúgubre no campo. Por fim, quando as sombras da noite já se aproximavam, encontrei-me à vista da melancólica Casa de Usher. Não sei como foi – mas, ao primeiro olhar que lancei à casa, uma sensação de insuportável melancolia invadiu o meu espírito. Digo insuportável, pois tal sensação não era aliviada por nenhum daqueles sentimentos meio prazerosos, porque poéticos, com os quais o espírito geralmente absorve mesmo as imagens naturais mais austeras do desolamento e do terrível. Contemplei a cena que se abria diante de meus olhos – a casa simples; os traços simples da paisagem; as paredes nuas; as janelas que mais pareciam olhos vazios; algumas fileiras de juncos sinistros e alguns troncos brancos de árvores mortas – com uma depressão que consumia minha alma, que eu não poderia comparar a nenhuma sensação terrena com mais propriedade

---

[4] "Seu coração é um alaúde suspenso; tão logo tocado, ele ressoa."

do que a do despertar do delírio do ópio – o lapso amargo na vida cotidiana –, a horrível queda do véu.

Mesmo assim, me propus a ficar naquela mansão melancólica por algumas semanas. O proprietário, Roderick Usher, tinha sido um de meus companheiros abençoados quando éramos jovens, mas muitos anos haviam se passado desde o nosso o último encontro. Entretanto, havia chegado a mim uma carta, em uma parte distante do país – uma carta dele –, que pela natureza urgente, não admitia outra resposta senão uma dada pessoalmente. Meu amigo parecia estar extremamente agitado e nervoso. Ele falou sobre dores agudas no corpo, de um distúrbio mental que o vinha afligindo e de um desejo sincero de me ver, como seu melhor e, na verdade, único amigo, na tentativa de melhorar de sua doença com a alegria de minha presença. Foi a forma como tudo isso – e muito mais – foi dito, a forma como o pedido parecia ter sido feito de coração, que não me deixou espaço para hesitação; e obedeci fielmente a essa súplica de visita que ainda considero muito singular.

Embora tivéssemos sido muito próximos quando meninos, eu sabia muito pouco do meu amigo. Ele sempre havia se mostrado excessivamente reservado. Eu sabia, contudo, que sua família, muito antiga, era conhecida, desde tempos imemoriais, por ter uma sensibilidade peculiar de temperamento, revelando-a, por muito tempo, em muitas obras de exaltada arte e, posteriormente, em repetidos atos de caridade, generosos, porém discretos. Também eram devotos das complexidades, talvez até mais do que das belezas ortodoxas e facilmente reconhecíveis da ciência musical. Eu sabia, também, do fato digno de nota de que a estirpe da família Usher, honrada como era, não havia tido nenhuma ramificação duradoura. Em outras palavras, que toda a família se limitava a uma linha de descendência direta, e sempre assim fora, com exceção de variações insignificantes e transitórias. Essa deficiência – eu pensava, enquanto percorria em pensamentos a perfeita harmonia do aspecto da propriedade com o reconhecido caráter das pessoas, e especulava sobre a possível influência que um possa ter exercido sobre o outro ao longo dos séculos. Era esse fato, talvez, e a consequente transmissão, de pai para filho, do patrimônio e do nome, que haviam feito a família e a casa se juntarem no nome exótico e ambíguo de "Casa de Usher". Esse nome parecia aludir, na cabeça dos camponeses que lá trabalhavam, tanto à família quando à mansão.

Eu disse que o único efeito de meu experimento infantil – o de olhar para baixo na lagoa – havia aprofundado a minha primeira e singular impressão do lugar. Sem dúvida, o fato de eu perceber que minha superstição aumentava – por que não deveria expressá-lo? – fez com que ela aumentasse cada vez mais. Sei há muito tempo que é assim que funciona a lei paradoxal de todos os sentimentos derivados do terror. Talvez tenha sido apenas por essa razão que, quando levantei os olhos novamente para a casa depois de ter visto seu reflexo na água, cresceram em minha mente ideias estranhas – aliás, ideias tão ridículas, que só menciono para mostrar a força intensa das sensações que me oprimiam. Eu havia forçado tanto a imaginação que ela me fez *realmente* acreditar que sobre toda a mansão e a propriedade pairava uma atmosfera muito peculiar a elas próprias e à vizinhança – uma atmosfera nada parecida com os ares do céu, mas sim algo que emanava das árvores mortas, das paredes cinzentas, do lago silencioso – um vapor pestilento e místico, pesado, inerte, mal perceptível e cor de chumbo.

Espantando de meu espírito o que devia ser um sonho, observei com mais atenção o aspecto real daquela construção. Sua característica principal era parecer excessivamente antiga. A perda das cores através dos anos havia sido grande. Fungos minúsculos haviam tomado conta de todo o exterior da casa, enroscando-se nas calhas em uma teia finamente tecida. Todavia, não havia estragos mais acentuados. Nenhuma parte da alvenaria ruíra, e parecia haver uma inconsistência extravagante entre o conjunto ainda perfeito das partes da construção e a condição precária de cada pedra. Isso me fazia pensar na integridade aparente de uma velha peça de madeira apodrecendo há muitos anos em alguma caverna abandonada, sem contato com o ar exterior. Apesar desse forte indício de decadência, a construção dava poucos sinais de instabilidade. Talvez os olhos de um observador atento tivessem descoberto alguma rachadura imperceptível que, estendendo-se do teto da frente da casa, descesse pelas paredes em zigue-zague até se perder nas águas sombrias do charco.

Observando essas coisas, transpus o curto caminho que conduzia à casa. Um criado tomou meu cavalo e então passei pelos arcos góticos do vestíbulo. Outro criado me conduziu, em silêncio e a passos furtivos, pelos vários corredores escuros e intrincados, a caminho do gabinete de seu amo. Muito do que encontrei pelo caminho contribuiu para potencializar todos os sentimentos vagos que já descrevi, de uma forma que não sei explicar.

Embora os objetos ao meu redor – mesmo as pinturas no teto, as tapeçarias sombrias nas paredes, o chão preto como o ébano, ou mesmo os troféus heráldicos fantasmagóricos que retiniam enquanto eu passava – fossem coisas com as quais eu me acostumara na infância, e mesmo não hesitando em reconhecer o quanto tudo aquilo era familiar para mim, eu ainda me admirava por perceber o quanto as impressões que as imagens comuns me causavam eram estranhas. Em uma das escadarias, encontrei o médico da família. Seu semblante, pensei, parecia encerrar uma mistura de baixa astúcia e embaraço. Ele me cumprimentou com um leve tremor e continuou andando. O criado então abriu a porta e me guiou à presença de seu senhor.

Era uma sala grande e imponente. As janelas eram longas, estreitas e pontudas e estavam colocadas a uma distância tão grande do chão de carvalho que era quase impossível alcançá-las. O brilho fraco de luzes avermelhadas abria caminho pelas vidraças de treliças e serviam para tornar suficientemente reconhecíveis os principais objetos de lá. Meus olhos, contudo, tentavam em vão alcançar os cantos mais remotos do cômodo ou os recuos do teto abobadado e cheio de ornamentos. Havia tapeçarias escuras pendendo das paredes. A mobília era farta, mas desconfortável, antiquada e encontrava-se em estado precário. Havia vários livros e instrumentos musicais espalhados pelos cantos, mas nem eles conseguiam dar nenhuma sensação de vitalidade ao lugar. Senti que respirava uma atmosfera de angústia. Uma atmosfera de profunda, penetrante e irremediável melancolia pairava no ar e tomava conta de tudo.

Quando entrei, Usher levantou-se do sofá onde estava deitado e me cumprimentou tão calorosamente que, a princípio, considerei uma cordialidade exagerada, um esforço constrangido de um homem cansado do mundo. Entretanto, ao olhar para seu semblante, convenci-me de sua perfeita sinceridade. Senta-mo-nos e, por alguns momentos, enquanto ele não falava, contemplei-o com um sentimento onde se misturavam piedade e admiração. Nenhum homem havia mudado tanto, em um período de tempo tão curto, como Roderick Usher!

Foi difícil admitir que o homem pálido que estava ali, diante de mim, era o meu companheiro da infância e da adolescência. Os traços de seu rosto sempre tinham sido notáveis: complexão cadavérica, olhos grandes, líquidos e mais brilhantes do que os de qualquer um; lábios estreitos e muito pálidos, porém com uma curvatura de notável beleza; o nariz de uma feição hebreia delicada, mas com uma largura incomum para narinas de semelhante tipo; o queixo, finamente modelado, que falava, pela falta de proeminência, de uma falta de energia do espírito; os cabelos, mais macios e finos que uma teia de aranha. Todos esses traços, que se expandiam excessivamente sobre a região das têmporas, faziam com que aquele semblante não pudesse ser esquecido facilmente. Mas agora, no exagero do caráter predominante desses traços e da expressão que eles costumavam transmitir, havia tanta mudança que comecei a duvidar daquele com quem falava. A palidez fantasmagórica da pele e o brilho miraculoso que agora havia em seus olhos, acima de tudo, me surpreenderam e me deixaram impressionado. O cabelo sedoso, também, havia crescido de uma maneira descuidada, e era como se, em sua textura selvagem de teia de aranha, mais flutuasse do que caísse sobre seu rosto. Eu não conseguia, mesmo me esforçando para isso, relacionar sua aparência emaranhada com qualquer ideia de simples humanidade.

Fiquei surpreso, de início, ao encontrar uma incoerência – e uma inconsistência – no comportamento do meu amigo, e logo descobri que elas eram motivadas por uma série de tentativas frágeis e inúteis de superar um embaraço habitual, uma agitação nervosa excessiva. Eu, certamente, estava preparado para algo dessa natureza, tanto pela carta, como também pela lembrança de certos traços da juventude e por conclusões a que cheguei a partir de sua conformação física peculiar e de seu temperamento. Ele alternava a forma como agia, às vezes era alegre, às vezes carrancudo. A voz variava rapidamente de uma indecisão trêmula (quando a vitalidade parecia estar em completa latência) a essa espécie de concisão energética – aquela maneira de falar abrupta, pesada, lenta e oca –, a essa voz gutural, densa, equilibrada e perfeitamente modulada, que pode ser observada em um bêbado perdido ou no viciado em ópio durante o período de maior exaltação.

Foi dessa forma que ele falou sobre o objetivo de minha visita, de seu desejo sincero de me ver, e do consolo que ele esperava que minha presença lhe trouxesse. Abordou, com certa profundidade, o que julgava ser a causa de sua doença. Disse que era um mal constitucional e familiar – para o qual ele já não tinha esperança de encontrar uma cura –, uma simples afecção nervosa – acrescentou imediatamente –, que sem dúvidas passaria logo.

A doença se manifestava através de uma multidão de sensações alternáveis. Enquanto ele as detalhava, algumas delas me interessaram e me deixaram perplexo, embora talvez os termos e a forma geral como ele as narrou tenham tido seu peso. Ele sofria de um aguçamento mórbido dos sentidos: só suportava as comidas mais insípidas, só podia usar vestes de certa textura, o cheiro de todas as flores o oprimia, uma mera luz fraca torturava seus olhos, e somente alguns sons – todos eles de instrumentos de corda – não lhe inspiravam horror. Compreendi que ele estava amarrado a uma estranha espécie de terror.

— Vou morrer — disse-me ele —, vou morrer por causa dessa deplorável loucura. Assim; assim, e não de outra forma, hei de perecer. Temo o que acontecerá no futuro – não os eventos em si, mas suas consequências. Estremeço ao pensar em qualquer incidente, até mesmo no mais trivial, que possa ter efeito sobre essa agitação intolerável da alma. De fato, não tenho nenhuma aversão ao perigo, exceto em seu efeito absoluto – no terror. Nesta condição debilitada – e digna de pena –, sinto que, mais cedo ou mais tarde, chegará a hora em que terei de abandonar a vida e a razão ao mesmo tempo, em alguma luta contra o fantasma sombrio do MEDO.

Percebi, além disso, pouco a pouco, e por meio de alusões entrecortadas e ambíguas, outro traço singular de sua condição mental. Ele estava dominado por certas impressões supersticiosas com relação ao imóvel onde vivia e de onde, por muitos anos, nunca havia se aventurado a sair – superstições acerca de uma influência cuja força hipotética foi descrita em termos muito obscuros para ser relatada aqui. A influência que algumas peculiaridades na simples forma e no material da mansão da família haviam exercido sobre seu espírito, graças a um longo sofrimento, ele disse – um efeito que a aparência das paredes cinzentas, das torres e do lago sombrio no qual tudo se refletia, tinha, com o tempo, produzido sobre o estado de *ânimo* de sua existência. Contudo, ele admitia, mesmo com hesitação, que muito da morbidez peculiar que o afligia podia ser atribuída a uma origem mais natural e palpável – à doença severa e contínua – na verdade, à aproximação evidente e iminente da morte de sua querida e amada irmã, a única companhia que vinha tendo há anos, seu último e único parente na terra.

— A morte dela — ele disse, com uma amargura que nunca conseguirei esquecer — faria dele (ele, o desesperançado e frágil) o último da antiga linhagem dos Usher.

Enquanto ele falava, lady Madeline (ou pelo menos era como a chamavam), passou devagar por uma parte remota da sala e, sem notar minha presença, desapareceu. Eu a olhei com uma mistura de espanto absoluto e medo, mas não conseguia explicar a que se deviam aqueles sentimentos. Uma sensação de estupor me oprimia enquanto meu olhar seguia seus passos. Quando, por fim, a porta se fechou atrás dela, meu olhar procurou instintivamente, e com ansiedade, pelo semblante do irmão, mas ele havia escondido o rosto entre as mãos, e só pude notar que uma palidez fora do comum havia tomado conta dos dedos finos, pelos quais escorriam muitas lágrimas apaixonadas.

A doença de lady Madeline vinha, há muito, desafiando as habilidades dos médicos. Uma apatia fixa, uma devastação física lenta e gradual, e frequentes – embora breves – afecções de um caráter parcialmente cataléptico, eram os diagnósticos incomuns. Até então, ela lutara com firmeza contra a doença e não se entregara à cama; mas, ao final da noite em que cheguei à casa, ela sucumbiu (como o irmão me contou no meio da noite, com uma agitação inexprimível) ao poder de prostração da enfermidade, e percebi que o breve vislumbre que tive de sua pessoa seria, provavelmente, o último – percebi que não veria mais aquela dama, pelo menos enquanto vivesse.

Por vários dias, seu nome não foi mencionado nem por Usher nem por mim. Durante esse período, ocupei-me dos esforços mais sinceros para aliviar a melancolia de meu amigo. Pintávamos e líamos juntos; ou escutava, como em um sonho, as improvisações extravagantes de seu eloquente violão. E assim, à medida que crescia nossa intimidade, conseguia adentrar com menos reservas em seu espírito, e com mais amargura percebia a inutilidade de todas as tentativas de alegrar uma mente cuja escuridão, como se fosse uma qualidade positiva inerente, se derramava sobre todos os assuntos do universo moral e físico em uma incessante irradiação de melancolia.

Sempre levarei comigo as lembranças das várias horas solenes que passei a sós com o dono da Casa de Usher. Contudo, não conseguiria transmitir a ideia do exato caráter dos estudos, ou das ocupações, nas quais ele me envolveu, ou por cujos caminhos me conduziu. Uma idealização exaltada e altamente inquietante, que lançava um brilho cintilante sobre tudo. Suas canções fúnebres improvisadas ecoarão para sempre em meus ouvidos. Entre outras coisas, guardo dolorosamente na memória a recordação de certa perversão singular e amplificação extravagante da ária da última valsa de Von Weber. Das pinturas sobre as quais sua complicada imaginação se debruçava, e que cresciam, pincelada a pincelada, para uma indefinição diante da qual eu estremecia (um tremor que era ainda mais perturbante porque não conhecia sua causa) – dessas pinturas (vívidas como suas imagens estão agora em minha mente), eu me esforçaria em vão para reproduzir mais do que uma pequena parte, que ficaria restrita às fronteiras das reles palavras escritas.

Pela total simplicidade, pela pureza de seus desenhos, ele prendia e aterrava a atenção. Se algum mortal já conseguiu pintar uma ideia, esse mortal foi Roderick Usher. Para mim, pelo menos, dadas as circunstâncias que me rodeavam, elas surgiam de puras abstrações que o hipocondríaco intentava lançar na tela, uma sensação de intolerável espanto cuja sombra nunca havia sentido, nem mesmo na contemplação das fantasias resplandecentes, certamente, porém concretas demais, de Fuseli.

Uma das concepções fantasmagóricas do meu amigo, embora não tão rígida com quanto ao espírito da abstração, pode ser melhor delineada em palavras, ainda que com certa superficialidade.

Um pequeno quadro representava o interior de uma cripta ou um túnel bastante longo e retangular, com paredes baixas, suaves, brancas e sem interrupções ou ornamentos. Alguns pontos acessórios da composição serviam bem para transmitir a ideia de que essa escavação estava a uma grande profundidade abaixo da superfície da terra. Não havia nenhuma saída em nenhuma parte daquela amplidão, e não havia nenhuma tocha ou outra fonte artificial de luz; contudo, uma avalanche de raios intensos se espalhava por tudo e banhava a cena toda com um esplendor sinistro e incongruente.

Acabei de me referir à condição mórbida do nervo auditivo que tornava qualquer música intolerável ao enfermo, com exceção de alguns efeitos de instrumentos de corda. Foram talvez os limites estreitos pelos quais ele assim se confinou ao violão que deram origem, em grande medida, ao caráter fantástico de suas apresentações. Mas a facilidade ardorosa com que improvisava não podia ser explicada da mesma forma. Elas deviam ser, e eram, nas notas, assim como nas palavras de suas fantasias mais estranhas (já que ele frequentemente acompanhava as notas com rimas improvisadas) –, deviam ser resultado daquele intenso recolhimento e concentração mental a qual já me referi como sendo observável apenas em momentos particulares da mais alta excitação artificial.

Lembro-me facilmente das palavras de uma dessas rapsódias. Talvez tenha ficado mais impressionado com elas quando ele a apresentou, porque, na maré mística de seu significado, imaginei perceber, e pela primeira vez, a plena consciência, da parte de Usher, de que sua razão altiva cambaleava com o poder dela. Os versos, que eram intitulados de *O Palácio Assombrado,* eram mais ou menos assim:

I.   No mais verde de nossos vales,
     Por anjos misericordiosos habitado,
     Um palácio outrora majestoso –
     Um palácio imponente – foi erguido
     Nos domínios do Rei Pensamento – e lá
     Ele ficava!
     E nunca um serafim suas asas
     sobre coisa tão bela haviam batido.

II. Bandeiras amarelas, gloriosas, douradas
     Em seu telhado esvoaçavam-se
     (Isso – tudo isso – nos
     Velhos tempos)
     E com cada brisa que batia,
     naquele doce dia,
     Pelas ameias, emplumadas e pálidas,
     Uma fragrância leve se expandia.

III. E os que passavam pelo vale
     Pelas duas janelas luminosas viam
     Espíritos dançando musicalmente
     Ao som do alaúde,
     Em torno de um trono onde
     (porfirogênito!)
     Envolto em glória,
     O senhor do reino era visto.

IV. E com o brilho das pérolas e do rubi
     Era decorada a bela porta do palácio
     Por onde entraram, como um rio fluindo e cintilando
     Os ecos, cuja tarefa doce
     Era cantar

Com vozes de beleza magnificente
A inteligência e a sabedoria do rei.

V.   Mas vultos maus, em túnicas de mágoa,
Atacaram o território do Rei. Ah,
Deixe-nos lamentar, porque o amanhã
Nunca há de amanhecer sobre ele, o desolado!
E, perto de seu lar, a glória
Que uma vez corou e floresceu
É apenas uma história mal lembrada
Sobre os velhos tempos que passaram.

VI.   E os viajantes agora dentro do vale,
Através das janelas de luzes avermelhadas, veem
Formas vastas que se movem fantasticamente
Ao som de uma melodia dissonante;
Enquanto, como um rio ligeiro lúrido,
Através da pálida porta,
Uma multidão medonha passa para sempre,
E riem – mas não sorriem mais.

Lembro-me bem que algumas sugestões que nasceram
dessa balada nos colocaram em um trem de pensamentos onde
manifestou-se uma opinião de Usher que menciono não por seu
caráter inovador (outros homens já pensaram assim), mas pela
pertinência com a qual ele as sustentava. Essa opinião, em linhas
gerais, defendia a existência de sensibilidade em todos os seres
vegetais. Mas em sua imaginação confusa, a ideia havia assumido
um caráter mais audaz e invadia, sob certas condições, o reino
inorgânico. Faltam-me palavras para expressar todo o alcance
ou a sincera desenvoltura de sua convicção. A crença, contudo,
estava relacionada (como já insinuei anteriormente) às pedras

cinzentas da casa de seus antepassados. As condições da sensitividade, ele imaginava, tinham sido verificadas pela forma como as pedras tinham sido colocadas – pela ordem como tinham sido dispostas, assim como pelo grande número de fungos que as cobria e pelas árvores mortas que ficavam à sua volta – acima de tudo, por como essa ordem mantinha-se imperturbável há tanto tempo, e por como o cenário era reduplicado nas águas estagnadas do lago. A prova disso – a prova da sensitividade – podia ser vista, disse ele (e ao ouvi-lo, estremeci) na gradual, mas inevitável condensação de uma atmosfera própria em torno nas águas e das paredes. O resultado era perceptível, ele acrescentou, nessa influência silenciosa, porém insistente e terrível, que durante séculos havia moldado os destinos da família, e o transformado no que eu agora via – naquilo que ele *era*. Tais opiniões não requerem comentários, e não farei nenhum.

Nossos livros – livros que, por anos, construíram boa parte da existência mental do enfermo – estavam, como era de se esperar, em rigorosa conformidade com essa natureza fantasmagórica. Debruçávamos juntos sobre obras como *Ververt et Chartreuse*, de Gresset; o *Belfegor*, de Maquiavel; *Céu e Inferno*, de Swedenborg; *Viagem aos Subterrâneos de Nicholas Klim*, de Holberg; *Quiromancia*, de Robert Flud, Jean D'Indaginé e De la Chambre; *Jornada pela Imensidão Azul*, de Tieck, e *A cidade do Sol*, de Campanella. Um dos volumes favoritos era uma edição *in-octavo* do *Manual do Inquisidor*, do dominicano Eymerich, de Girona. Havia também passagens em Pomponius Mela sobre os velhos Sátiros e Egipãs africanos[5], sobre as quais Usher poderia sentar e sonhar por horas. Seu maior prazer, contudo, se encontrava na leitura cuidadosa de um livro extremamente raro e curioso em gótico *in-quarto*: o manual de uma igreja esquecida – *Vigiliæ Mortuorum secundum Chorum Ecclesiæ Maguntinæ*.

---

[5] Personagens da mitologia grega com corpo peludo de homem, chifres e pés de cabra.

Não pude deixar de pensar no ritual frenético dessa obra e na provável influência que exerceu sobre o hipocondríaco, quando, uma noite, depois de me informar que lady Madeline havia falecido, declarou que tinha a intenção de preservar o corpo da irmã por quinze dias (antes de finalmente sepultá-la), em uma das várias câmaras que existiam dentro dos muros principais da casa. Todavia, a razão terrena para esse procedimento tão singular era de tal natureza que não pude contestar. O irmão havia sido levado a essa decisão, assim me disse, considerando o caráter insólito da enfermidade da falecida, das inevitáveis perguntas inoportunas e impulsivas por parte dos médicos, e da localização remota e exposta do cemitério da família. Não hei de negar que, ao lembrar-me do semblante sinistro da pessoa com quem havia cruzado nas escadarias, no dia em que cheguei àquela casa, não senti nenhum desejo de me opor ao que considerei, na melhor das hipóteses, uma precaução inofensiva e bastante natural.

Diante do pedido de Usher, ajudei-o pessoalmente nos preparativos do sepultamento temporário. Já tendo o corpo sido colocado no caixão, nós dois sozinhos levamos o corpo a seu lugar de descanso. A câmara onde o depositamos (e que estivera fechada por tanto tempo que nossas tochas, quase sufocadas naquela atmosfera opressiva, quase não nos permitiam investigá-la) era pequena, úmida e sem nenhuma forma de entrada de luz. Ficava a uma grande profundidade, exatamente abaixo da parte da casa onde ficava meu quarto. Aparentemente, aquele lugar já havia sido usado, na remota época feudal, com o sinistro propósito de servir como uma masmorra e, atualmente, era provavelmente um depósito de pólvora ou qualquer outra substância altamente inflamável, visto que uma parte do piso e todo o interior do corredor abobadado que nos levara até ali foram cuidadosamente revestidos com cobre. A porta, de ferro maciço, tinha uma proteção semelhante. Seu imenso peso, ao mover-se sobre as dobradiças, produzia um chiado agudo e insólito.

Uma vez depositado o triste fardo sobre cavaletes, nesse lugar de horror, abrimos parcialmente a parte ainda não soldada do caixão e contemplamos o rosto da ocupante. Uma semelhança impressionante entre o irmão e a irmã atraiu minha atenção pela primeira vez, e Usher, talvez adivinhando meus pensamentos, murmurou algumas palavras que me fizeram entender que a morta e ele eram gêmeos e que sempre tinha existido entre os dois uma empatia quase incompreensível. Nossos olhares, contudo, não se demoraram muito tempo sobre o cadáver, porque não conseguíamos olhá-la sem espanto. A doença que havia tirado a vida daquela moça em plena juventude, como é normal em doenças de caráter estritamente cataléptico, deixara a ironia de um leve rubor sobre seu peito e seu rosto e aquele sorriso suspeito que permanecia em seus lábios e que é tão horrível na morte. Recolocamos a tampa no lugar e a parafusamos e, depois de fechar a porta de ferro, seguimos, com esforço, em direção aos quartos um pouco menos melancólicos da parte superior da casa.

Mas, depois de alguns dias de sofrimento, uma mudança perceptível surgiu nas características do distúrbio mental de meu amigo. Seus hábitos haviam desaparecido. Negligenciava ou se esquecia das coisas com as quais ele costumava se ocupar. Ele vagava, de aposento em aposento, com passos apressados, irregulares e sem objetivo. Seu semblante assumiu, se é que isso era possível, um matiz ainda mais pálido, e a luminosidade dos olhos desapareceu por completo. O tom rouco que às vezes observava em sua voz não foi mais ouvido, e as falas eram trêmulas, como se ele estivesse extremamente horrorizado. Houve vezes em que achei que sua mente agitada e sem descanso estava lidando com algum segredo opressivo e que tinha dificuldade em conseguir a coragem necessária para divulgá-lo. Outras vezes, me via obrigado a reduzir tudo às meras e inexplicáveis divagações da loucura, pois via meu amigo contemplar o vazio por horas inteiras, com profundíssima atenção, como se ouvisse algum som imaginário.

Não era de admirar que seu estado me aterrorizasse – e que terminasse por me contaminar. Sentia rastejar ao meu redor, a passos lentos e certeiros, as influências brutas de suas superstições fantásticas e impressionantes.

Foi, particularmente, ao me recolher ao leito, na sétima ou oitava noite após termos colocado o corpo de lady Madeline na masmorra, que senti o poder total daquelas sensações. O sono não se aproximava de minha cama, enquanto as horas passavam. Tentei ser racional com relação ao nervosismo que tomava conta de mim. Tentei acreditar que boa parte, senão tudo o que eu sentia, devia-se à influência da mobília mórbida do quarto – das tapeçarias escuras e esfarrapadas que, sacudidas por uma tempestade que se aproximava, dançavam de um lado para o outro sobre a parede e sussurravam desconfortavelmente sobre os adornos da cama. Mas meus esforços foram em vão. Um temor irreprimível foi, aos poucos, tomando conta de mim e, por fim, instalou-se sobre meu próprio coração um íncubo, o peso de um alarme totalmente infundado. Tentei sacudi-lo, arfando com dificuldade, ergui a cabeça dos travesseiros e olhei determinado para dentro da escuridão do quarto; e então ouvi – não sei como, talvez uma força instintiva tenha me induzido a fazer aquilo – certos sons baixos e indefinidos que vinham em longos intervalos, através das pausas da tempestade, sem que eu soubesse de onde. Tomado por um intenso sentimento de horror, inexplicável, e, no entanto, insuportável, vesti-me rapidamente (porque senti que não conseguiria mais dormir naquela noite) e tentei sair da situação lastimável em que me encontrava, andando de um lado para o outro do quarto.

Havia dado poucas voltas quando um passo ligeiro nas escadas atraiu minha atenção. Reconheci então o passo de Usher. Um instante depois, ele deu uma batida suave na porta e entrou com uma lamparina. Seu semblante tinha, como de costume, uma palidez cadavérica, mas, além disso, havia em seus olhos uma espécie louca de alegria, uma histeria evidente em todo o seu comportamento. Seu jeito me amedrontou, mas qualquer coisa era preferível à solidão que havia suportado por tanto tempo. Assim, recebi sua presença até mesmo com certo alívio.

— Você ainda não viu? — perguntou bruscamente, depois de olhar ao redor, em silêncio, por alguns momentos. — Não viu? Pois aguarde, que verá! — E dizendo isso, protegeu cuidadosamente a lâmpada, correu em direção a uma das janelas e a escancarou para a tempestade.

A fúria impetuosa da tempestade que invadiu o quarto quase nos ergueu do chão. Sem dúvida, era uma noite tempestuosa, mas terrivelmente bela, e estranhamente singular em sua mistura de terror e beleza. Um redemoinho havia, aparentemente, se formado em nossa vizinhança, porque o vento mudava de direção violentamente e a densidade extrema das nuvens (que estavam tão baixas que quase batiam nas torres da casa) não nos impediu de perceber a velocidade com que deslizavam, vindas de todos os pontos e misturando-se umas às outras, sem se afastarem. Digo que nem a densidade excessiva delas nos impediu de perceber isso. Entretanto, já não conseguindo avistar a lua e as estrelas, não se via nenhum clarão de relâmpago.

Mas as superfícies inferiores das grandes massas de vapor agitado, assim como todos os objetos terrestres que nos rodeavam, resplandeciam à luz sobrenatural de uma exalação gasosa, levemente luminosa e claramente visível que subia pela casa e a encobria como uma mortalha.

— Você não deve... você não *pode* olhar para isso! — eu disse, tremendo, para Usher, enquanto o conduzia, com gentileza, da janela à poltrona.

Essas aparições que o desorientam são meros fenômenos elétricos normais – ou talvez tenham sua origem horrenda no fétido miasma do lago. Fechemos essa janela – o ar está gelado e é perigoso para o seu estado. Aqui está um dos seus romances favoritos. Eu vou lê-lo e você deverá me ouvir – desse modo, sobreviveremos juntos a essa noite terrível.

O volume antigo que havia escolhido era *O Louco Triste*, de Sir Launcelot Canning; mas havia dito que era o favorito do Usher mais por um triste gracejo que por sinceridade, pois, na verdade, há poucas coisas em sua prolixidade sem refinamento e sem imaginação que pudessem interessar a imaginação elevada e espiritual de meu amigo. Contudo, era o único livro que tinha à mão, e eu tinha a vaga esperança de que a excitação que agitava agora o hipocondríaco pudesse encontrar alívio (já que a história dos distúrbios mentais é repleta de anomalias similares) mesmo com uma tolice tão extrema quanto a que leria. A julgar pelo ar cheio de vivacidade com que ele escutava – ou aparentemente escutava – a história, eu poderia me parabenizar pelo sucesso de meu plano.

Eu tinha chegado à parte conhecida da história onde Ethelred, o herói de *O Louco*, tendo tentado em vão se instalar pacificamente na casa do eremita, decide entrar à força. Aqui, as palavras da narrativa são estas:

"E Ethelred, que, por natureza, tinha um coração valente, e agora sentia-se fortalecido, graças ao poder do vinho que havia bebido, não esperou mais para argumentar com o eremita – o qual, na verdade, era de índole obstinada e maligna; mas, sentindo a chuva sobre seus ombros e temendo os sons da tempestade, levantou a clava e, com golpes, abriu rapidamente um caminho na madeira das portas para sua mão guarnecida de manopla; e, então, puxando-a com força, rachou-a, quebrou-a e destroçou-a de tal forma que o ruído da madeira seca e oca ressoou por todo o bosque".

Ao fim desta frase sobressaltei-me e, por um momento, fiz uma pausa; porque a mim me pareceu (ainda que já houvesse concluído que meu imaginário agitado havia me enganado), a mim me pareceu que, de alguma parte remota da mansão, chegava indistintamente aos meus ouvidos o que poderia ter sido, por sua exata semelhança, o eco (mas, certamente, um eco abafado e baixo) do som de arrombamento e quebra que Sir Launcelot havia descrito com tanto detalhe. Foi, sem dúvida, somente a coincidência que atraiu a minha atenção, já que, em meio ao barulho das vidraças nos batentes, combinado com o barulho da tempestade que só aumentava, não havia nada que teria me interessado ou incomodado no som. Continuei a história:

> *"Mas o bom herói Ethelred, que agora já passava pela porta, ficou extremamente furioso e surpreso ao não encontrar nenhum sinal do malvado eremita e encontrar, no lugar dele, um dragão de aparência medonha, coberto de escamas e com língua de fogo, que permanecia de guarda diante de um palácio de ouro com piso de prata; e do muro, pendia um escudo de bronze reluzente com esta legenda:*
> *Quem aqui entrar, conquistador será;*
> *Quem matar o dragão, o escudo ganhará.*
>
> *E Ethelred levantou sua clava e golpeou na cabeça o dragão, que caiu aos seus pés e lançou seu último grito com um rugido tão horrendo e áspero, e tão forte, que Ethelred tapou os ouvidos com as mãos para se proteger daquele som horrível – um ruído como nunca antes tinha ouvido."*

Aqui parei bruscamente mais uma vez, e agora, com um sentimento de violento assombro, porque não podia duvidar que, desta vez, tinha ouvido *realmente* (ainda que me parecesse impossível dizer de que direção vinha) um grito ou um rangido – um ruído insólito, sufocado e aparentemente distante, porém áspero e prolongado, a réplica perfeita do que minha imaginação havia produzido como o grito sobrenatural do dragão, tal como descrito pelo escritor.

Oprimido, como certamente me encontrava, pela ocorrência dessa segunda e mais extraordinária coincidência, e por mil sensações contraditórias, nas quais se destacavam a perplexidade e o terror ao extremo, guardei presença de espírito suficiente para não excitar, com nenhuma observação, a sensibilidade de meu amigo. Não tinha certeza de que ele havia percebido aqueles sons, ainda que, nos últimos minutos, demonstrasse uma evidente e estranha mudança de comportamento. Sentado à minha frente, ele havia girado gradualmente sua cadeira, de modo a contemplar a porta do quarto; e assim, eu só podia ver parte de suas feições, embora percebesse que seus lábios tremiam, como se estivessem murmurando algo inaudível. Sua cabeça estava caída sobre o peito, mas eu sabia que não estava dormindo, porque, olhando-o de perfil, percebi que seus olhos estavam arregalados e fixos. O movimento do corpo também contradizia essa ideia, pois se mexia de um lado para o outro com um balanço suave, porém constante e uniforme. Depois de perceber rapidamente tudo isso, continuei a narrativa de Sir Launcelot, que prosseguia assim:

"E então o herói, depois de escapar da terrível fúria do dragão, lembrou-se do escudo de bronze e do encantamento quebrado, tirou o corpo do morto de seu caminho e avançou com valentia pelo pavimento de prata do castelo, até o muro onde ficava pendurado o escudo; este, na verdade, não esperou a aproximação de Ethelred e caiu a seus pés sobre o piso de prata, com um som estrondoso e retumbante."

Essas palavras haviam acabado de sair de meus lábios quando – como se realmente um escudo de bronze tivesse, naquele momento, caído com todo seu peso sobre um pavimento de prata – percebi um eco claro, profundo, um som de metal ressonante, porém sufocado. Incapaz de conter minha agitação, pus-me de pé rapidamente, mas o movimento uniforme de Usher permaneceu inalterado. Fui até a cadeira onde estava sentado. Seus olhos estavam baixos e fixos no vazio, e o rosto parecia estar petrificado. Porém, quando coloquei minha mão sobre seu ombro, um forte arrepio estremeceu seu corpo; um sorriso insalubre estremeceu seus lábios e percebi que falava em um murmúrio baixo, apressado e ininteligível, como se não percebesse minha presença. Inclinando-me sobre ele, bem perto, pude enfim captar o horrível significado de suas palavras.

— Não ouviu? Sim, eu ouço e tenho ouvido. Por muito... muito... muito tempo... por muitos minutos, muitas horas, muitos dias ouvi... mas não tive coragem... Ai de mim, mísero e infeliz! Não tive coragem... *não tive coragem* de falar! Nós a colocamos viva no túmulo! Não disse que meus sentidos eram aguçados? Agora eu digo a você que ouvi seus primeiros movimentos, débeis, ao fundo do ataúde. Escuto-os há muitos, muitos dias e não tive coragem. *Não tive coragem de falar!* E agora... esta noite... Ethelred... há! há! O arrombamento da porta do eremita, o grito de morte do dragão e o estrondo do escudo! Ou seja, o ruído do ataúde se quebrando, o ranger das dobradiças de ferro de sua prisão e seu caminhar pelas arcadas do calabouço, pelo corredor abobadado revestido de cobre! Oh, para onde devo fugir? Não estará aqui em breve? Não virá reprovar a minha pressa? Não são seus passos que ouço nas escadas? Não percebo a batida pesada e horrível de seu coração? Insensato!

E, nesse momento, pôs-se de pé num salto e gritou essas palavras, como se, nesse ato entregasse sua alma: — Insensato! Estou lhe dizendo que ela agora está do outro lado da porta!

Como se a energia sobre-humana de sua afirmação tivesse a força de um encantamento, a porta enorme e antiga para a qual Usher apontava abriu lentamente, naquele instante, suas garras pesadas e negras. Foi obra de uma rajada de vento – mas ali, do outro lado da porta, *estava*, de fato, a figura alta e amortalhada de lady Madeline Usher. Havia sangue em suas roupas brancas e evidências de uma luta amarga em cada parte de seu corpo esquelético. Por um momento, permaneceu trêmula e balançando sobre o limiar da porta. Então, com um lamento baixo, desabou pesadamente sobre o corpo do irmão e, em sua agonia final, arrastou-o para o chão, morto, vítima dos terrores que havia previsto.

Fugi horrorizado daquele quarto e daquela mansão. A tempestade ainda caía com toda sua fúria enquanto eu atravessava a estrada. De repente, uma luz forte surgiu no caminho e virei-me para ver de onde poderia estar vindo aquele brilho tão incomum, já que só havia a casa e suas sombras atrás de mim. A luz vinha da lua cheia, de um vermelho escarlate, que brilhava vividamente através daquela rachadura que mencionei, outrora dificilmente discernível, e que se estendia do telhado da casa, em zigue-zague, até o chão. Enquanto observava, a rachadura aumentou rapidamente. Dali veio um sopro forte do redemoinho, e toda a esfera do satélite irrompeu de uma vez diante de minha vista. Fiquei horrorizado ao ver que as grandes paredes desabavam. Pude ouvir o som de uma demorada e tumultuada gritaria, como se fosse o ruído de mil aguaceiros – e o lago profundo e gélido aos meus pés se fechou, de forma sombria e silenciosa, sobre os destroços da "Casa de Usher".

O BARRIL
DE AMONTILLADO

As mil ofensas de Fortunato, as suportei da melhor forma que pude. Mas quando ele se atreveu a me insultar, jurei vingança. Você, que conhece tão bem a natureza de minha alma, não há de supor, entretanto, que tenha dado voz a uma única ameaça. *Em algum momento*, eu seria vingado; isso era ponto pacífico – algo tão definitivamente decidido eliminava a ideia de risco. Eu não devo apenas punir, mas punir com impunidade. Um erro não é corrigido se o vingador é punido pela vingança. Da mesma forma, não é corrigido quando o vingador fracassa em se fazer sentir como tal por quem cometeu o erro.

Deve ficar claro que, nem pela palavra, nem pelo ato, dei a Fortunato motivo para duvidar de minha boa vontade. Continuei, como de costume, a sorrir para ele, e ele não percebeu que meu sorriso, *agora*, vinha da ideia de sua imolação.

Ele tinha um ponto fraco – o Fortunato – embora em outros aspectos fosse um homem a ser respeitado e até mesmo temido. Ele se gabava de conhecer vinhos. Poucos italianos têm o verdadeiro espírito virtuoso. Na maioria das vezes, seu entusiasmo é adotado para servir ao momento e à oportunidade – para praticar alguma falseta sobre os milionários britânicos e austríacos. Na pintura e nas joias, Fortunato, assim como os compatriotas, era um charlatão – mas em matéria de vinhos antigos ele era sincero. Nesse aspecto, eu não diferia dele de forma significativa: eu era habilidoso nas safras italianas, e comprava grandes quantidades sempre que podia.

Era quase crepúsculo, em uma noite durante a loucura suprema da época de carnaval, quando encontrei meu amigo. Ele se aproximou de mim com uma simpatia excessiva, porque tinha bebido demais. O homem usava uma fantasia de bufão. Trajava uma roupa justa e listrada e, na cabeça, um chapéu cônico com guizos. Fiquei tão satisfeito por vê-lo que pensei que nunca mais deixaria de apertar a mão dele. Eu lhe disse: — Meu caro Fortunato, foi uma sorte encontrá-lo. Você hoje está surpreendentemente bem! Mas recebi um barril do que parece ser Amontillado, e tenho lá minhas dúvidas.

— Como? — disse ele. — Amontillado? Um barril? Impossível! E no meio do carnaval!

— Tenho minhas dúvidas — respondi. — E fui tolo o bastante para pagar todo o preço de um Amontillado sem consultá-lo sobre a matéria. Não conseguia encontrá-lo, e estava com medo de perder a barganha.

— Amontillado!

— Tenho minhas dúvidas.

— Amontillado!

— E tenho que esclarecê-las.

— Amontillado!

— Como você está ocupado, estou a caminho da casa do Luchesi. Se alguém tem instinto crítico, é ele. Ele me dirá.

— Luchesi não consegue discernir Amontillado de xerez.

— E ainda assim alguns tolos acham que o paladar dele se equipara ao seu.

— Venha, vamos lá.

— Para onde?

— Para seus porões.

— Meu amigo, não; não vou abusar de sua boa vontade. Percebo que você tem um compromisso. Luchesi...

— Não tenho nenhum compromisso. Vamos.

— Meu amigo, não. Não é o compromisso, mas o resfriado forte com o qual percebo que você está aflito. Os porões são insuportavelmente úmidos. Estão incrustrados de salitre.

— Vamos lá, mesmo assim. O resfriado não é nada. Amontillado! Você foi enganado. E quanto ao Luchesi, ele não consegue distinguir xerez de Amontillado.

Assim falando, Fortunato tomou-me pelo braço. Colocando uma máscara negra de seda e puxando o *roquelaire* para perto do corpo, permiti que ele me apressasse em direção a meu *palazzo*.

Não havia nenhum criado na casa; eles tinham escapado para festejar em honra à época. Eu tinha dito a eles que não deveria retornar até a manhã seguinte, e tinha dado ordens explícitas para que não deixassem a casa. Essas ordens seriam suficientes, eu bem sabia, para assegurar que todos desapareceriam imediatamente, tão logo eu virasse as costas.

Peguei das arandelas dois archotes, dei um a Fortunato, e o conduzi por vários conjuntos de salas até a arcada que levava aos porões. Passei por uma escada longa em caracol, pedindo a ele que fosse cauteloso enquanto me seguia. Em dado momento, chegamos ao pé da escada, e ficamos juntos no chão úmido das catacumbas dos Montresor.

Os passos de meu amigo eram vacilantes, e os guizos de seu chapéu tilintavam à medida que ele andava.

— O barril — disse ele.

— Está mais adiante — eu disse —, mas observe as teias brancas que brilham nas paredes dessa caverna.

Ele se virou em minha direção e olhou em meus olhos com duas órbitas opacas que destilavam a remela da intoxicação.

— Salitre? — ele perguntou pouco depois.

— Salitre — respondi. — Há quanto tempo você está com essa tosse?

— Cóf! Cóf! Cóf! – Cóf! Cóf! Cóf! – Cóf! Cóf! Cóf! – Cóf! Cóf! Cóf! – Cóf! Cóf! Cóf!

Meu pobre amigo ficou impossibilitado de responder por vários minutos.

— Não é nada — disse por fim.

— Venha — eu disse, decidido —, vamos voltar; sua saúde é preciosa. Você é rico, respeitado, admirado, amado; você é feliz, como um dia eu fui. Você é um homem que deixaria saudade. Para mim não há problema. Vamos voltar; você vai ficar doente, e eu não posso ser o responsável. Além disso, o Luchesi...

— Basta — ele disse. — A tosse não é grande coisa; não vai me matar. Não vou morrer de uma tosse.

— Verdade, verdade — respondi. — E, de fato, não tenho intenção de alarmá-lo à toa – mas você deveria usar de toda precaução. Um gole desse Medoc vai nos proteger da umidade.

E então dei um tapinha no gargalo de uma garrafa retirada de uma longa fileira de conterrâneas que descansavam sobre o mofo.

— Beba — eu disse, oferecendo a ele o vinho.

Ele o levou aos lábios com um olhar lascivo. Fez uma pausa e balançou a cabeça para mim com informalidade, com os guizos tilintando.

— Bebo — ele disse — àqueles que repousam ao nosso redor.

— E eu para que você tenha vida longa.

Ele pegou meu braço mais uma vez, e seguimos em frente.

— Esses porões — ele disse — são extensos.

— Os Montresor — respondi — eram uma família importante e numerosa.

— Como é mesmo o brasão da família?

— Um enorme pé humano de ouro, em um fundo azul celeste; o pé esmaga uma serpente enfurecida cujas presas estão enterradas no calcanhar.

— E o lema?

— "Ninguém me fere impunemente!"

— Bom! — disse ele.

O vinho faiscava nos olhos dele e os guizos tilintavam. Até mesmo minha imaginação se aqueceu com o Medoc. Passamos por paredes de ossos empilhados, com pipas e tonéis misturados, até os recessos mais profundos das catacumbas. Parei mais uma vez, e dessa vez fui enfático e segurei Fortunato pelo braço, acima do cotovelo.

— O salitre! — eu disse. — Está vendo, ele aumenta. Pende como mofo nos porões. Estamos embaixo do leito do rio. As gotas de umidade pingam entre os ossos. Venha, vamos voltar antes que seja tarde demais. Sua tosse...

— Não é nada — disse ele —, vamos em frente. Mas antes, outro gole do Medoc.

Abri um garrafão de De Grâve e o entreguei a ele. Ele o esvaziou de um só fôlego. Os olhos piscavam com uma luz violenta. Ele riu e atirou a garrafa para cima com um gesto que não entendi.

Olhei para ele com surpresa. Ele repetiu o movimento – um movimento grotesco.

— Você não compreende? — perguntou.

— Não — respondi.

— Então você não é da irmandade.

— Como assim?

— Você não é maçom.

— Sim, sim — eu disse. — Sim, sim.

— Você? Impossível! Um maçom?

— Um maçom — respondi.

— Um sinal — ele disse. — Um sinal.

— Ei-lo — respondi, tirando uma espátula das dobras do meu *roquelaire.*

— Seu galhofeiro — ele exclamou, recuando alguns passos. — Mas vamos prosseguir até o Amontillado.

— Que assim seja — disse eu, recolocando a ferramenta sob a capa e mais uma vez oferecendo o braço a ele. Ele recaiu pesadamente sobre meu braço. Continuamos em nossa rota em busca do Amontillado. Passamos por uma cadeia de arcos baixos, descemos, atravessamos, e descendo outra vez, chegamos a uma cripta profunda, na qual a podridão do ar fazia com que nossos archotes mais brilhassem do que flamejassem.

No ponto mais remoto da cripta, aparecia outro espaço ainda menor. Suas paredes tinham sido cobertas com restos mortais, empilhados até o alto do porão, como nas grandes catacumbas de Paris. Três lados dessa cripta interior ainda estavam ornamentados dessa maneira. No quarto lado, os ossos tinham sido arrancados, e jaziam promiscuamente sobre o chão, formando uma pilha de bom tamanho em um ponto. Na parede assim exposta pelo deslocamento dos ossos, podíamos perceber que havia ainda outro recesso, com mais ou menos um metro de profundidade e uns noventa centímetros de largura, e cerca de dois metros de altura. Parecia não ter sido construído com um fim específico, mas simplesmente formava o espaço entre dois dos enormes suportes do teto das catacumbas, e tinha ao fundo uma das paredes circundantes de granito sólido.

Foi em vão que Fortunato, erguendo a tocha fraca, empenhou-se em espreitar a profundeza do recesso. A luz frágil não nos permitia ver o fim.

— Vá em frente — eu disse —, lá dentro está o Amontillado. Quanto ao Luchesi...

— Ele é um ignorante — interrompeu meu amigo, dando passos vacilantes para a frente, enquanto eu o seguia bem de perto. Em um instante ele chegou à extremidade do nicho, e vendo seu progresso impedido pela rocha, ficou ali, desnorteado. No instante seguinte, eu o tinha agrilhoado ao granito. Na superfície dele, havia dois grampos de ferro, a dois pés de distância um do outro, na horizontal. De um deles saía uma pequena corrente; do outro, um cadeado. Depois de ter passado a corrente pela cintura dele, foi um trabalho de não mais que alguns segundos para prendê-lo. Ele estava embasbacado demais para resistir. Retirei a chave e saí do recesso.

— Passe a mão — eu disse — sobre a parede; você não conseguirá deixar de sentir o salitre. De fato, é bastante úmido. Mais uma vez, deixe que eu implore para que você retorne. Não? Então eu certamente terei de deixá-lo. Mas antes devo dar a você todas as pequenas atenções em meu poder.

— O Amontillado! — exclamou meu amigo, ainda não recuperado de sua perplexidade.

— É verdade — respondi. — O Amontillado.

Ao dizer essas palavras, ocupei-me da pilha de ossos das quais falei anteriormente. Atirando-os para o lado, logo revelei uma quantidade de pedras e argamassa. Com esses materiais e com a ajuda de minha espátula, comecei a subir, com muito vigor, uma parede na entrada do nicho.

Mal tinha assentado a primeira fileira da alvenaria quando descobri que a intoxicação de Fortunato tinha, em grande parte, desaparecido. A primeira indicação que tive disso foi um choro gemido baixo que vinha do fundo do recesso. Não era o choro de um homem bêbado. Então houve um longo e obstinado silêncio. Eu assentei a segunda fileira, e a terceira, e a quarta; e então ouvi a vibração furiosa da corrente. O ruído durou vários minutos, durante os quais, para que pudesse prestar atenção com a maior satisfação, interrompi meu trabalho e me sentei sobre os ossos. Quando, por fim, o tilintar cessou, continuei com a espátula e terminei sem interrupção a quinta, a sexta e a sétima fileiras. A parede estava agora quase na altura do meu peito. Fiz outra pausa, e segurando o archote acima do trabalho de alvenaria, lancei alguns raios débeis sobre a figura lá no interior.

Uma sucessão de gritos altos e estridentes, explodindo repentinamente da garganta da figura acorrentada, pareceu arremessar-me para trás com violência. Por um breve instante hesitei – eu estremeci. Desembainhei o espadim e com ele comecei a escarafunchar o recesso; mas a reflexão de um só instante me deixou tranquilo. Coloquei minha mão sobre a estrutura sólida das catacumbas e me senti satisfeito. Eu me aproximei novamente da parede; respondi aos gritos dele em volume e força. Fiz isso, e o clamor cessou.

Era agora meia-noite, e minha tarefa se aproximava do fim. Já tinha completado a oitava, a nona e a décima fileiras. Tinha terminado uma parte da décima primeira e última fileira; restava uma única pedra a ser encaixada e cimentada. Eu lutava contra o peso da pedra; coloquei-a parcialmente na posição destinada. Mas então veio do nicho uma risada baixa que me levantou os cabelos. Foi seguida por uma voz triste, que eu tive dificuldade em reconhecer como a do nobre Fortunato. A voz disse:

— Há! Há! Há! – He! He! He! – uma piada muito boa, de fato – uma excelente galhofa. Nós vamos rir muito disso no *palazzo* – He! He! He! – tomando o nosso vinho – He! He! He!

— O Amontillado! — eu disse.

— He! He! He! – He! He! He! sim, o Amontillado. Mas não está ficando tarde? Não estarão esperando por nós no *palazzo*, a senhora Fortunato e os outros? Vamos embora.

— Sim — eu disse —, vamos embora.

— Pelo amor de Deus, Montresor!

— Sim — eu disse —, pelo amor de Deus!

Mas ao proferir essas palavras, fiquei esperando em vão por uma resposta... Fui ficando impaciente. Chamei alto:

— Fortunato!

Nenhuma resposta. Chamei outra vez:

— Fortunato?

Ainda assim, nenhuma resposta. Enfiei um archote pela abertura restante e deixei que caísse lá dentro. E de lá veio em resposta apenas um tilintar de guizos. Meu coração ficou nauseado devido à umidade das catacumbas. Apressei-me para por um fim à minha tarefa. Forcei a última pedra para a sua posição; cimentei-a. Contra a nova alvenaria, reergui a antiga muralha de ossos. Pela metade de um século, nenhum mortal os perturbou. *Descanse em paz!*

O CORAÇÃO DELATOR

"Uma história narrada por um louco que, como
todos nós, pensava ser são."

É verdade – nervoso –, eu estava pavorosamente nervoso e ainda estou, mas por que você diria que eu estou louco? A doença tinha aguçado meus sentidos – não os destruído –, não amortecido. Mais que todos, o sentido da audição foi intensificado. Eu ouvia tudo, do céu e da terra. Eu ouvia muitas coisas do inferno. Como, então, estou louco? Ouça com atenção! E observe a sanidade, a calma com que posso contar a você toda a história.

É impossível dizer como a ideia começou a surgir na minha cabeça, mas, uma vez concebida, ela passou a me assediar dia e noite. Motivo não havia nenhum. Paixão não havia nenhuma. Eu gostava do velho. Ele nunca me prejudicou. Nunca me insultou. O ouro dele não me apetecia. Acho que foi o olho dele! Sim, foi isso! Ele tinha o olho de um abutre – um olho azul embaçado, coberto por uma membrana. Quando o velho olhava para mim com aquele olho de abutre, meu sangue congelava. E então, aos poucos – bem aos poucos – eu finalmente decidi que tinha de tirar a vida do velho e assim me livrar daquele olho para sempre!

Agora essa é a questão. Você acha que estou louco. Loucos não sabem de nada. Mas você deveria ter me visto. Deveria ter visto com que sensatez eu agi, com que cuidado – e que prudência – com que dissimulação fiz meu trabalho! Eu nunca tinha sido tão amável com o velho como fui durante toda a semana antes de matá-lo. E todas as noites, por volta da meia-noite, eu girava o trinco da porta dele e abria – Ah, com tanta delicadeza! E então, quando já tinha aberto a porta o suficiente para que minha cabeça passasse, eu passava por ali uma lanterna escura, toda coberta, coberta para que nenhuma luz se projetasse, e depois eu esticava a cabeça para dentro. Ah, você acharia graça se visse a destreza com que eu passava a cabeça pela abertura! Eu a movia devagar, bem devagar, para não perturbar o sono do velho. Levava uma hora para passar a cabeça toda pela abertura, até que pudesse vê-lo enquanto ele estava deitado em sua cama. Ah! – Será que um louco seria assim tão esperto? E então, quando minha cabeça já estava toda dentro do quarto, eu descobria a lanterna com cuidado – ah, com muito cuidado! –, com cuidado (porque as dobradiças rangiam) eu a descobria só um pouquinho, de modo que apenas um raio pequeno e fino de luz se depositasse sobre aquele olho de abutre. E fiz isso por sete longas noites, sempre à meia-noite, mas encontrava o olho sempre fechado; e então era impossível fazer o trabalho. Porque não era o velho que me perturbava, era o olho, o olho maligno que ele tinha. E a cada manhã, quando o dia nascia, eu ia corajosamente até o quarto, e falava com ele corajosamente, chamava-o pelo nome com um tom cordial e perguntava a ele como tinha passado a noite. Veja que ele teria de ser um velho muito sagaz, de fato, para suspeitar que toda noite, exatamente à meia-noite, eu o observava enquanto dormia.

Na oitava noite, fui mais cauteloso do que costumava ser ao abrir a porta. O ponteiro dos minutos de um relógio se moveria mais rápido do que minha mão. Nunca antes daquela noite eu tinha sentido o alcance dos meus próprios poderes – da minha sagacidade. Eu mal podia conter meu sentimento de triunfo. Pensar que lá estava eu, abrindo a porta, pouco a pouco, e ele sequer sonhando com minhas intenções e pensamentos secretos. Cheguei a rir discretamente da ideia, e talvez ele tenha me ouvido, porque de repente se mexeu na cama como num sobressalto. Agora você pode pensar que eu recuei – mas não. O quarto dele estava negro como o breu com a escuridão espessa (já que, temendo ladrões, o velho mantinha as persianas bem fechadas), por isso eu sabia que ele não conseguiria ver a porta sendo aberta, e continuei empurrando-a com firmeza, mais e mais.

Eu já estava com a cabeça lá dentro e pronto para descobrir a lanterna, quando meu dedão escorregou no fecho da lata, e o velho saltou da cama e gritou: "Quem está aí?".

Fiquei imóvel e não disse nada. Por uma hora inteira não movi um músculo sequer, e durante esse tempo, não o ouvi se deitar. Ele continuava sentado na cama, escutando, assim como eu tinha feito, noite após noite, prestando atenção aos relógios da morte[6] dentro da parede.

Naquele momento ouvi um ligeiro gemido, e eu sabia que era o gemido de um terror mortal. Não era um gemido de dor ou pesar – ah, não! – era o som baixo e contido que vem do fundo da alma quando ela está tomada pelo pavor. Eu conhecia bem aquele som. Muitas noites, bem à meia-noite, enquanto o mundo todo dormia, o som tinha vazado de meu próprio peito, aprofundando, com seu eco pavoroso, os terrores que me ocupavam. Digo que os conhecia bem. Eu sabia o que o velho sentia, e tive pena dele, embora meu coração gargalhasse. Eu sabia que ele estava acordado desde o primeiro ruído, quando se virou na cama. Os temores, desde então, vinham crescendo dentro dele. Ele vinha tentando imaginar que os temores eram infundados, mas não conseguia. Ele vinha dizendo a si mesmo: "É só o vento na chaminé; é só um camundongo andando pelo chão", ou "É apenas um grilo que cricrilou por um instante". Sim, ele vinha tentando se confortar com essas suposições, mas percebeu que era tudo em vão. Tudo em vão,

---

[6] Relógios da morte (Death Watches) são insetos que perfuram madeira. Há uma superstição de que os sons produzidos pelo inseto pressagiam a morte de alguém quando ouvidos.

porque a Morte, ao abordá-lo, o perseguiu com sua sombra negra e envolveu com ela a vítima. E foi a influência tétrica da sombra indistinguível que fez com que ele sentisse – embora nada visse ou ouvisse – a presença de minha cabeça dentro do quarto.

Depois de ter esperado por um longo tempo, com muita paciência, sem ouvir o velho se deitar, resolvi abrir um pouco, um pouquinho, bem pouquinho a lanterna. Então a abri – você não pode imaginar a forma tão furtiva, furtiva – até que um único raio, fraco como a teia da aranha, escapou pela fenda e foi inteiro de encontro ao olho do abutre. Ele estava aberto – bem, bem aberto –, e eu fiquei furioso quando olhei para ele. Eu o vi com perfeita clareza – aquele azul desbotado, coberto por um véu hediondo que gelou meu osso até o tutano; mas não pude ver mais nada do rosto ou da pessoa do velho, porque tinha direcionado o raio, como que por instinto, precisamente sobre o maldito olho.

E eu não lhe disse que o que você pensa ser loucura não passa de extrema sensibilidade? Agora, eu digo, chegou aos meus ouvidos um som baixo, abafado e rápido, como o de um relógio envolto em algodão. Eu conhecia bem aquele som, também. Era a batida do coração do velho. Aquilo aumentou minha fúria, como a batida de um tambor estimula o soldado a ser corajoso.

Mas ainda assim me contive e permaneci imóvel. Eu mal respirava. Eu segurava a lanterna sem me mover. Tentei, com toda a firmeza que podia, manter o raio sobre o olho. Enquanto isso, a batida infernal do coração aumentava. Foi ficando mais e mais rápida, e mais e mais alta a cada instante que passava. O terror do velho deve ter sido extremo! Ficava mais ruidosa, eu digo, mais barulhenta a cada instante! – Você me entende bem? Eu disse a você que sou nervoso, então sou mesmo. E agora, à hora morta da noite, em meio ao silêncio daquela casa velha, um barulho tão estranho quanto esse me levou a um terror incontrolável. Ainda assim, por mais alguns minutos me contive e fiquei imóvel. Mas as batidas só cresciam e cresciam! Eu pensei que o coração fosse explodir. E então uma nova inquietação tomou conta de mim – o som seria ouvido por um vizinho! A hora do velho havia chegado! Com um berro, escancarei a lanterna e pulei para dentro do quarto. Ele gritou uma vez – só uma vez. Num instante, eu o arrastei para o chão e virei sobre ele a cama pesada. Então eu sorri contente, por saber que o trabalho estava feito até ali. Mas, por vários minutos, o coração continuou a bater com um som abafado. Aquilo, contudo, não me irritou; ele não seria ouvido através da parede. Depois de algum tempo, cessou. O velho estava morto. Retirei a cama e examinei o cadáver. Sim, ele estava morto, definitivamente morto. Coloquei a mão sobre o coração dele e a mantive lá por vários minutos. Não havia pulsação. Ele estava definitivamente morto. O olho dele não mais me perturbaria.

Se você ainda acha que sou louco, não pensará assim quando eu descrever as sábias precauções que tomei para ocultar o corpo. A noite já se aproximava do fim e eu trabalhava rapidamente, mas em silêncio. Primeiro, desmembrei o corpo. Decepei a cabeça e os braços e as pernas. Depois retirei três tábuas do piso do quarto, e depositei tudo entre os barrotes. Então recoloquei as tábuas com tanta astúcia, com tanta destreza, que nenhum olho humano – nem mesmo o dele – poderia ter detectado algo de errado. Não havia nada para lavar – nenhuma mancha de qualquer tipo –, nenhum pingo de sangue. Eu tinha sido muito cuidadoso com aquilo. O ralo do banheiro tinha absorvido tudo – ha! ha!

Quando cheguei ao fim do trabalho, eram quatro horas da manhã – ainda escuro como à meia-noite. No instante em que o sino badalava as horas, veio uma batida na porta da rua. Desci para abrir a porta com o coração leve – pois o que tinha eu agora a temer? Entraram três homens que se apresentaram, com uma cortesia perfeita, como oficiais da polícia. Um grito tinha sido ouvido por um vizinho durante a noite; a suspeita de crime foi levantada; a informação tinha sido registrada na delegacia de polícia, e eles (os oficiais) tinham sido designados para vasculhar o local.

Eu sorri – pois o que tinha eu a temer? Convidei os cavalheiros a entrar. O grito, eu disse a eles, tinha sido meu, em um sonho. O velho, eu mencionei, estava ausente, no campo. Conduzi os visitantes pela casa toda. Convidei-os a procurar – procurar bem. Eu os guiei, depois de algum tempo, até o quarto dele. Mostrei a eles os tesouros do velho, seguros, intactos. No entusiasmo de minha confiança, trouxe cadeiras para o quarto e desejei que eles ficassem ali para descansar de suas fadigas, enquanto eu mesmo, na audácia selvagem de meu triunfo perfeito, coloquei minha cadeira sobre o exato lugar abaixo do qual repousava o cadáver da vítima.

Os oficiais estavam satisfeitos. Minhas maneiras os tinham convencido. Eu estava notoriamente à vontade. Eles se sentaram, e, enquanto eu respondia animadamente, eles conversavam sobre coisas corriqueiras. Mas, pouco depois, eu me senti empalidecendo e desejando que eles se fossem. Minha cabeça doía, e imaginei um zumbido em meus ouvidos, mas eles continuaram sentados e conversando. O zumbido se tornou mais distinto – ele continuou e se tornou mais claro. Eu falava com mais liberdade para me livrar da sensação, mas o zumbido continuou e ganhou precisão – até que, afinal, descobri que o barulho não vinha de dentro de meus ouvidos.

Não admira que agora eu estivesse muito pálido, mas eu falava com mais fluência, e em voz mais alta. Mas o som crescia – e o que eu podia fazer? Era um som baixo, abafado e rápido, bem parecido com o som que um relógio faz quando envolto em algodão. Eu arfava em busca de ar, e mesmo assim os oficiais não ouviam. Eu falava mais rápido – com mais veemência; mas o barulho crescia continuamente. Eu me levantei e falei sobre trivialidades, em um tom alto e gesticulando com energia; mas o barulho continuava a crescer com firmeza. Por que eles não iam embora? Eu dava passos pelo chão para lá e para cá com passadas largas e pesadas, como se estimulado à fúria com as observações dos homens – mas o barulho continuava aumentando. Ah, Deus! O que podia eu fazer? Eu espumava – eu delirava – eu praguejava! Eu balançava a cadeira na qual estava sentado e a fazia ranger nas tábuas, mas o barulho estava acima de tudo e continuava a aumentar. Ele cresceu mais – e mais – e mais! E mesmo assim os homens tagarelavam animadamente, e sorriam. Seria possível que eles não o ouvissem? Deus Todo-Poderoso! – Não, não! Eles ouviam! Eles suspeitavam! Eles sabiam! Eles estavam zombando do meu horror! – foi o que pensei, e é o que penso. Mas qualquer coisa seria melhor do que essa agonia! Qualquer coisa seria mais tolerável que essa chacota! Eu não podia mais suportar aqueles sorrisos hipócritas! Sentia que precisava gritar ou morrer! – e então – de novo! – Ouça! Mais alto! Mais alto! Mais alto! Mais alto!

"Canalhas!", eu gritei. "Sem mais dissimulação! Eu confesso o feito! Arranquem as tábuas! Aqui, aqui! São as batidas do maldito coração!".

MORELLA

Ele mesmo, por ele mesmo unicamente, eternamente um, e só.

Platão, *O Banquete*

Era com sentimentos de profunda e singularíssima afeição que eu estimava minha amiga Morella. Conheci-a acidentalmente há muitos anos, e minha alma, desde o nosso primeiro encontro, ardeu com um fogo que nunca antes tinha experimentado. Mas esse fogo não era o de Eros, e amarga e tormentosa para o meu espírito foi a gradual convicção de que de maneira alguma eu poderia definir seu significado incomum, ou regular sua vaga intensidade. Seja como for, nós nos conhecemos, e o Destino nos uniu diante do altar, e eu nunca falei de paixão nem de amor. Ela, contudo, fugia do convívio social, dedicando-se só a mim e me fazendo feliz. Maravilhar-se é uma felicidade, e uma felicidade é sonhar.

A erudição de Morella era profunda. Garanto que seus talentos não eram comuns, e que os poderes de sua mente eram gigantescos. Sentia isso, e em muitos assuntos tornei-me seu discípulo. Contudo, logo compreendi que, talvez por ter se educado em Presburgo, ela me apresentava um grande número de obras místicas que são consideradas, geralmente, como o simples refugo da primitiva literatura alemã. Essas obras, por razões que não consigo imaginar, eram seus estudos favoritos e constantes, e o fato de que no transcorrer do tempo tornaram-se também os meus, só posso atribuir à simples, mas eficaz, influência do hábito e do exemplo.

Em tudo isso, se não me engano, minha razão tinha pouca participação. Minhas convicções, se me conheço bem, não eram de forma alguma baseadas no ideal, nem continham qualquer tintura do misticismo das minhas leituras, a menos que esteja redondamente equivocado, ou em meus atos ou pensamentos. Persuadido disso, abandonei-me implicitamente à orientação de minha esposa, e mergulhei com firmeza nas complexidades de seus estudos. E então, quando ao debruçar-me sobre aquelas páginas proibidas sentia um espírito sinistro inflamar-se dentro de mim, Morella passava sua mão fria sobre a minha, e desenterrava das cinzas de uma filosofia morta algumas palavras graves e singulares cujo estranho sentido era gravado a fogo em minha memória. E então, hora após hora, permanecia a seu lado, entregava-me à musica da sua voz, até que finalmente sua melodia ganhava aspectos de terror, e então caía uma sombra sobre minha alma, e eu empalidecia e estremecia interiormente diante daqueles sons sobrenaturais. E assim, a alegria subitamente se desvanecia em horror, e o que era extraordinariamente belo se convertia no mais hediondo, como Hinom se transformou em Geena[7].

É desnecessário revelar o exato caráter dessas pesquisas que, brotando dos volumes que já mencionei, constituíam durante muito tempo quase os únicos temas das conversas entre Morella e eu. Pelos versados que se pode denominar de moral teológica, eles seriam rapidamente entendidos, e pelos não versados, eles seriam, em todos os casos, pouco compreendidos. O estranho panteísmo de Fichte[8], na modificada paligenesia[9] dos pitagóricos, e, acima de tudo, as doutrinas da Identidade tais como apresentadas por

---

[7] Geena é a transliteração do hebraico Gen-Ben-Hinom, ou Vale dos Filhos de Hinom, situado no entorno da Cidade Antiga de Jerusalém, e mencionado em várias passagens da Bíblia como local de rituais pagãos em que se sacrificavam crianças.

Schelling[10], costumavam geralmente ser os pontos de discussão que tinham mais encantos para a imaginativa Morella. O Sr. Locke[11] , suponho, define aquela identidade, a que chama de pessoal, com precisão, afirmando que consiste na sanidade de um ser racional. Uma vez que por pessoa entendemos uma existência inteligente, dotada de razão, e como há uma consciência que acompanha sempre o pensamento, é ela que faz todos nós sermos chamados de nós mesmos, e assim nos diferenciando de outros seres pensantes, concedendo-nos nossa identidade pessoal. Mas o *principium individuationis*, a noção dessa identidade que na morte é ou não é perdida para sempre, foi para mim o tempo todo uma consideração de extremo interesse. E não apenas pela natureza desconcertante e excitante de suas consequências, mas também pela maneira especial e agitada com que Morella as mencionava.

Mas, de fato, chegava agora o tempo em que o mistério da atitude de minha mulher passou a me oprimir como um feitiço. Eu não podia suportar por mais tempo o toque de seus dedos pálidos, nem o tom baixo de sua fala musical, nem o brilho de seus olhos melancólicos. E ela sabia disso tudo, mas não me censurava, parecia ter consciência de minha fraqueza ou das minhas tolices, e, sorrindo, chamava-as de Destino. Parecia também ter consciência de alguma causa, para mim desconhecida, daquela gradual alienação da minha estima, mas não deu qualquer indício ou sinal da sua natureza. No entanto, era mulher, e definhava a cada dia. No fim, a mancha carmesim se fixou permanentemente no seu rosto,

---

[8] Referência a Johann Gottlieb Fichte, filósofo alemão cuja obra criou o movimento filosófico chamado de Idealismo Alemão.

[9] Palavra de origem grega, significando "nascer de novo", "renascer", e daí "reencarnar". Pitágoras acreditava no renascimento da alma depois da morte.

[10] Friedrich Wilhelm Joseph von Schelling foi um dos principais representantes do Idealismo Alemão.

[11] John Locke, filósofo inglês considerado o "pai do empirismo inglês", e para quem a mente humana é uma folha em branco, a ser preenchida pela experiência.

e as veias azuis da testa pálida ficaram mais salientes, e chegou o instante em que minha natureza se dissolvia em compaixão. Mas no instante seguinte, eu via de relance seus olhos expressivos, e então minha alma se sentia mal, e experimentava a vertigem de quem baixa a vista para um abismo aterrador e insondável.

Devo dizer que aguardava com um desejo fervoroso e incontrolável pela morte de Morella? Isso mesmo, mas o frágil espírito agarrou-se a seu habitáculo de barro por muitos dias, por muitas semanas, tediosos meses, até que meus torturados nervos conseguiram suplantar minha mente, e fiquei furioso com a demora, e com o coração de um demônio amaldiçoei os dias, as horas, e os amargos momentos que pareciam arrastar-se e arrastar-se à medida que sua débil vida declinava, como as sombras na agonia de um dia.

Mas numa tarde de outono, quando os ventos permaneciam quietos no céu, Morella chamou-me ao lado de seu leito. Havia uma bruma turva em toda a terra, uma luminosidade quente sobre as águas, e sobre a rica folhagem de outubro na floresta um arco-íris tinha certamente caído do firmamento.

— Este é o dia dos dias — ela disse quando me aproximei —, um dia entre todos os dias para viver ou morrer. É um belo dia para os filhos da terra e da vida, e mais belo ainda para as filhas do céu e da morte!

Beijei sua fronte e ela prosseguiu:

— Estou morrendo, contudo viverei.

— Morella!

— Não chegaram nunca os dias em que poderias ter me amado, mas aquela que na vida abominaste, na morte adorarás.

— Morella!

— Repito que estou morrendo. Mas dentro de mim há um testemunho daquele afeto – ah! tão pequeno – que sentiste por mim, por Morella. E quando meu espírito partir, a criança viverá, tua criança e minha, de Morella. Mas teus dias serão dias de tristeza, dessa tristeza que é a mais duradoura das impressões, da mesma forma que o cipreste é a mais duradoura das árvores. Porque as horas da tua felicidade terminaram, e não se colhe felicidade duas vezes na vida, como as rosas de Paestum duas vezes em um ano. Tu não mais jogarás com o tempo o jogo daquele que nasceu em Teos, mas ignorando a murta e o vinho, levarás pela terra sobre ti o teu sudário, como fazem os muçulmanos em Meca.

— Morella — exclamei. — Como sabes tu isto? — Mas ela virou o rosto sobre o travesseiro e um leve tremor percorreu seus membros, e assim morreu, e nunca mais ouvi sua voz.

Contudo, como ela havia previsto, a criança, que ao morrer ela dera à luz, que não respirou até que a mãe não respirasse mais, a criança, uma filha, viveu. E cresceu estranhamente em estatura e em inteligência, e era de semelhança perfeita com a que tinha morrido, e a amei com um amor mais intenso do que acreditava ser possível sentir por qualquer habitante da terra.

Mas antes que passasse muito tempo, o céu daquele puro afeto ficou escuro, sombrio, e o horror e a tristeza o cobriram de nuvens. Disse que a criança cresceu estranhamente em estatura e inteligência. Estranho, na verdade, foi o rápido crescimento do tamanho do seu corpo, mas terríveis – oh! terríveis – foram os tumultuosos pensamentos que se acumulavam em mim ao observar o desenvolvimento do seu intelecto. Poderia ser de outra maneira, quando eu descobria diariamente nas concepções da filha os poderes e as faculdades adultas da mulher? Quando as lições da experiência saíam dos lábios da infância? E quando a sabedoria ou as paixões da maturidade eu via diariamente cintilando de seus olhos grandes e pensativos?

Como digo, quando tudo isso pareceu evidente a meus sentidos aturdidos, foi quando já não era mais possível esconder de minha alma, nem que minhas faculdades estremecidas pudessem rechaçar aquela certeza. Como pude estranhar que umas suspeitas de natureza espantosa e emocionante se insinuassem em meu espírito, e que meus pensamentos se voltassem, apavorados, às histórias estranhas e às impressionantes teorias da sepultada Morella? Arranquei da curiosidade do mundo um ser a quem o Destino me mandava adorar, e no severo isolamento de meu lar, observava com uma agonizante ansiedade tudo o que concernia à criatura amada.

E enquanto os anos transcorriam, e eu contemplava, dia após dia, seu rosto santo, meigo e eloquente, e examinava suas formas que amadureciam, dia após dia eu descobria na criança mais pontos de semelhança com sua mãe, a melancólica e a morta. E a cada hora aumentavam essas sombras de semelhança, e mais completas, mais definidas, e mais inquietantes, e mais atrozmente terríveis em seu aspecto. Que o seu sorriso fosse igual ao da mãe eu podia suportar, mas então eu estremecia diante da identidade tão perfeita; que seus olhos fossem iguais aos de Morella eu tolerava, mas eles também sondavam as profundezas da minha alma com a intensa e perturbadora expressão de Morella. E no contorno da fronte alta, nos anéis dos sedosos cabelos, nos pálidos dedos que nele se enterravam, e no triste som musical de sua fala, e acima de tudo – oh! acima de tudo – nas frases e expressões nos lábios da amada e viva, eu encontrava alimento para pensamentos desgastantes e horrores para um verme que não queria morrer.

Assim se passaram dois lustros de minha vida, e até então minha filha continuava a não ter nome nesta terra. "Minha filha" e "Meu amor" eram os nomes habitualmente ditados pelo afeto paterno, e o rígido isolamento de seus dias impedia toda relação. O nome de Morella morrera com ela no dia da sua morte. Sobre a mãe nunca tinha falado com a filha, era impossível falar. Na verdade, durante o breve período de sua existência, a última não tinha recebido nenhuma impressão do mundo exterior, exceto as que foram proporcionadas pelos estritos limites da sua privacidade. Mas finalmente a cerimônia de batismo apresentou-se à minha mente naquele estado de desalento e excitação como uma pronta liberação dos terrores de meu destino. E na pia batismal, hesitei por um nome. Vieram em tropel aos meus lábios muitos nomes de sabedoria e beleza, dos tempos antigos e modernos, da minha terra e de terras estranhas, assim como muitos, muitos nomes de gente nobre, feliz e bondosa. O que foi então que me impeliu a disturbar a memória de gente morta e enterrada? Que demônio me instigou a pronunciar aquele som, cuja simples lembrança costumava fazer afluir o sangue cor de púrpura em torrentes, das têmporas ao coração? Que espírito maligno falou dos recônditos da minha alma, quando, entre aquelas naves sombrias e no silêncio da noite, sussurrei ao ouvido do sacerdote as sílabas "Morella"? Quem, senão um espírito maligno convulsionou a fisionomia de minha filha e nela espalhou as cores da morte quando, sobressaltando-se ao ouvir aquele som quase inaudível, volveu os olhos vítreos da terra ao céu, e, caindo prostrada nas negras lajes da nossa cripta ancestral, respondeu: "Aqui estou".

Estes simples sons chegaram-me fria, calma e distintamente aos ouvidos, e destes, como chumbo derretido, escorreram, sibilantes, até o cérebro. Podem passar anos e anos, mas a lembrança dessa época, nunca! Não posso dizer que ignorasse as flores e a vinha, mas a cicuta e o cipreste dominaram-me noite e dia. E deixei de ter a noção de tempo ou de lugar, e as estrelas do meu destino apagaram-se no céu, e desde então a Terra escureceu, e as suas figuras passaram por mim, sombras fugazes, e entre todas elas eu apenas via... Morella. Os ventos do firmamento sopravam apenas um som aos meus ouvidos, e as ondas do mar murmuravam incessantemente: Morella. Mas ela morreu e com minhas próprias mãos a confiei à sepultura; e ri um longo e amargo riso quando não encontrei sinais da primeira no sepulcro onde depus a segunda... Morella.

O ENTERRO PREMATURO

Há certos temas cujo interesse é absolutamente absorvente e, ao mesmo tempo, são horríveis demais para os propósitos da legítima ficção. Esses, o mero romancista deve evitar, se não quer ofender ou provocar aversão. Eles são tratados com decoro apenas quando a severidade e a imponência da Verdade os santificam e sustentam. Nós vibramos, por exemplo, com o mais intenso "agradável pesar" diante dos relatos da *Travessia do Berezina*, do *Terremoto de Lisboa*, da *Peste de Londres*, do *Massacre de São Bartolomeu* ou do sufocamento dos cento e vinte e três prisioneiros do *Buraco Negro de Calcutá*. Porém, nesses relatos, é o fato – é a realidade – é a história o que excita. Fossem invenções, nós os consideraríamos simplesmente repugnantes.

Mencionei apenas algumas das mais relevantes e notórias calamidades já registradas; mas, nelas, é a magnitude, não menos que o caráter da calamidade, que instiga nossa fantasia tão intensamente. Não preciso lembrar ao leitor que, do longo e estranho catálogo de misérias humanas, eu poderia ter selecionado muitos casos individuais mais repletos de sofrimento essencial do que tantos outros dessa vasta gama de desastres. A verdadeira desgraça – a derradeira desventura –, na verdade, é particular e não difusa. Que os horrores extremos da agonia sejam suportados pelo homem como unidade e nunca pelo homem como massa – devemos dar graças ao Deus misericordioso!

Ser enterrado ainda vivo, sem sombra de dúvida, é o mais terrível desses extremos que podem se abater sobre o destino de um simples mortal. Que isso tenha ocorrido com frequência, com muita frequência, dificilmente será negado por aqueles que pensam. Os limites que separam a vida da morte são, no mínimo, sombrios e vagos. Quem poderá afirmar onde termina uma e começa a outra? Sabemos que existem doenças nas quais ocorre a total cessação de todas as funções aparentes de vitalidade e, ainda, nas quais essas cessações são meramente suspensões, propriamente ditas. São apenas pausas temporárias em um mecanismo incompreensível. Um determinado período de tempo transcorre e, por algum invisível princípio misterioso, as engrenagens mágicas e as rodas encantadas são novamente postas em movimento. O fio de prata não estava irremediavelmente solto e nem a taça de ouro irreparavelmente quebrada. Mas onde, nesse ínterim, se encontrava a alma?

À parte, entretanto, da inevitável conclusão, a priori, de que tais causas devem produzir tais efeitos – de que a bem conhecida ocorrência de tais casos de animação suspensa deve naturalmente ensejar, de vez em quando, sepultamentos prematuros – à parte desta consideração, temos o testemunho direto da experiência médica e da experiência comum para provar que um vasto número de tais enterros tem realmente sucedido. Eu poderia me referir prontamente, se necessário, a uma centena de exemplos bem autenticados. Um, de caráter notável, e cujas circunstâncias podem ainda estar frescas na memória de alguns leitores, ocorreu não muito tempo atrás, nos arredores da cidade de Baltimore, onde ocasionou uma dolorosa, intensa e generalizada comoção. A mulher de um dos mais respeitáveis cidadãos – um eminente advogado e membro do Congresso – foi acometida por uma súbita e inexplicável doença, que deixou completamente aturdidos os médicos em suas práticas. Após longo sofrimento, ela faleceu, ou supostamente faleceu. Ninguém suspeitava, na verdade, ou tinha razões para suspeitar, que ela não estivesse morta. Ela apresentava todas as manifestações comuns da morte. O rosto havia adquirido o usual contorno comprimido e encovado. Os lábios exibiam a usual palidez do mármore. Os olhos não tinham brilho. Não havia calor. A pulsação havia cessado. Por três dias o corpo foi mantido insepulto, período no qual adquiriu rigidez pétrea. O funeral, em suma, foi apressado por conta do rápido avanço do que se supunha ser a decomposição.

A senhora foi depositada na cripta de sua família, a qual, pelos três anos subsequentes, permaneceu imperturbada. Findo esse prazo, ela foi aberta para receber um ataúde, mas, ai! que pavoroso choque aguardava o marido, que, pessoalmente, havia procedido à abertura da porta! À medida que os portais eram puxados para trás, algo recoberto com uma veste branca caiu ruidosamente entre seus braços. Era o esqueleto de sua mulher, com a mortalha ainda preservada.

Uma cuidadosa investigação tornou evidente que ela havia revivido dois dias após o sepultamento; que sua luta dentro do ataúde havia culminado com a queda deste de uma saliência, ou prateleira, ao chão, onde se rompeu, permitindo-lhe a fuga. Uma lamparina que havia sido acidentalmente deixada, cheia de óleo, dentro da tumba, foi encontrada vazia; ela poderia ter se consumido, entretanto, por evaporação. No degrau mais alto da escada que levava ao interior da temível câmara, havia um grande fragmento do caixão, com o qual, aparentemente, ela havia tentado chamar a atenção batendo-o contra a porta de ferro. Enquanto ainda se esforçava, provavelmente desfaleceu, ou possivelmente morreu, de absoluto terror; e, ao cair, a mortalha enroscou em algum adorno de ferro que se projetava no interior. Assim ela permaneceu, assim ela se putrefez – ereta.

No ano de 1810, um caso de inumação em vida ocorreu na França, cercado de circunstâncias que mais do que comprovam a afirmação de que a realidade é, de fato, mais estranha do que a ficção. A heroína da história era uma certa Mademoiselle Victorine Lafourcade, uma moça de família ilustre, abastada, e de grande beleza pessoal. Entre seus numerosos pretendentes estava Julien

Bossuet, um pobre literato ou jornalista de Paris. Seus talentos e usual amabilidade despertaram a atenção da herdeira, por quem ele parecia ter sido verdadeiramente amado; mas, o orgulho por ter nascido em bom berço, finalmente, levou-a a rejeitá-lo e a casar-se com um certo Monsieur Renelle, um banqueiro e diplomata de certa importância. Após o casamento, entretanto, esse cavalheiro a negligenciou e, por fim, até mesmo a maltratou. Tendo passado com ele alguns deploráveis anos, ela morreu – ao menos sua condição era tão assemelhada com a morte que enganava qualquer um que a visse. Ela foi sepultada – não em uma cripta, mas em um jazigo comum, em sua aldeia natal. Cheio de desespero, e ainda inflamado pela memória de uma profunda afeição, o amante viajou da capital para a remota província na qual se encontrava a aldeia, com o romântico propósito de desenterrar o corpo, e apossar-se de suas exuberantes madeixas. Ele chegou ao túmulo. À meia-noite, desenterrou o caixão, abriu-o, e, no momento em que separava as mechas, foi detido pelo abrir dos olhos da amada. Na verdade, a mulher havia sido enterrada viva. A vitalidade não a havia deixado por completo, e ela foi despertada pelos afagos do amado da letargia que havia sido confundida com a morte. Ele a conduziu freneticamente a seus aposentos na aldeia. Empregou certos tônicos potentes sugeridos por seus não parcos conhecimentos médicos. Por fim, ela reviveu. Reconheceu seu salvador. Ela permaneceu com ele até que, passo a passo, recobrou a saúde original. Seu coração de mulher não era duro como um diamante, e essa última lição de amor foi suficiente para amolecê-lo. Ela o concedeu a Bossuet. Não mais retornou a seu marido, mas, ocultando dele a ressurreição, fugiu com o amante para a América. Passados vinte anos, ambos voltaram à França, convictos de que esse tempo modificara a aparência da mulher de tal modo que os amigos não seriam capazes de reconhecê-la. Estavam, entretanto, equivocados, visto que, logo no primeiro encontro, Monsieur Renelle de fato a reconheceu e reclamou a esposa. Ela se opôs a essa reclamação, e um tribunal de justiça a apoiou em sua oposição, decidindo que as peculiares circunstâncias e o prolongado lapso de anos haviam extinguido, não apenas equitativa, como também legalmente, a autoridade do marido.

O *Jornal de Cirurgia* de Lipsia – um periódico de alta reputação e mérito, que algum livreiro americano faria bem em traduzir e republicar –, registra em um dos últimos números um caso muito aflitivo do gênero em questão. Um oficial de artilharia, um homem de estatura gigantesca e robusta saúde, tendo sido derrubado de um cavalo descontrolado, sofreu uma contusão extremamente severa na cabeça, a qual o deixou instantaneamente inconsciente; o crânio estava levemente fraturado, mas não se temia um risco imediato. Uma trepanação foi realizada com êxito. O sangue foi drenado, e vários outros dos métodos comuns para produzir alívio foram adotados. Gradualmente, porém, ele foi mergulhando num estado mais e mais desanimador de estupor, e, finalmente, pensou-se que ele havia morrido.

Era tempo de calor, e ele foi enterrado com uma pressa repreensível, em um dos cemitérios públicos. O funeral ocorreu numa quinta-feira. No domingo seguinte, como de costume, o cemitério estava tomado por visitantes, e, por volta do meio-dia, produziu-se uma intensa agitação com a declaração de um camponês de que, ao sentar-se sobre o túmulo do oficial, havia sentido uma comoção na terra, como se ocasionada por alguém que se debatia lá embaixo. Inicialmente, pouca atenção se deu à afirmação do homem; mas o evidente pavor e a obstinada teimosia com a qual ele insistia em sua história, tiveram finalmente seu efeito natural sobre a multidão. Apressadamente, pás foram obtidas, e a cova, que era vergonhosamente rasa, estava em poucos minutos suficientemente aberta para que a cabeça de seu ocupante se revelasse. Ele estava aparentemente morto; mas jazia sentado quase ereto dentro do caixão, cuja tampa, com um desesperado esforço, parcialmente erguera.

O homem foi transportado sem demora para o hospital mais próximo, e lá declararam que ele estava ainda vivo, apesar de asfixiado. Após algumas horas, reviveu, reconheceu pessoas familiares e, com frases entrecortadas, falou de suas agonias dentro da cova.

A partir de seu relato, ficou claro que ele deve ter permanecido consciente por mais de uma hora, enquanto enterrado, antes de sucumbir à insensibilidade. A cova havia sido descuidada e esparsamente preenchida por uma terra excessivamente porosa; e, desse modo, algum ar havia sido necessariamente admitido. Ele ouviu o tropel da multidão sobre sua cabeça, e empenhou-se, por sua vez, em fazer-se ouvir. Foi o tumulto no terreno do cemitério, disse ele, que aparentemente o despertou de um sono profundo, mas não antes que ele se tornasse plenamente cônscio dos terríveis horrores de sua situação.

Esse paciente, registra-se, passava bem e parecia em franco caminho para a completa recuperação, mas caiu vítima de charlatães das experiências médicas. Aplicaram-lhe a bateria galvânica, e ele inesperadamente expirou em um daqueles paroxismos extáticos que, ocasionalmente, essa bateria acarreta.

A menção da bateria galvânica, aliás, traz de volta à minha memória um caso bem conhecido e muito extraordinário a esse respeito, quando sua ação se provou eficaz em reanimar um jovem advogado de Londres, que estivera enterrado por dois dias. Isso ocorreu em 1831, e causou, àquela época, uma profunda impressão em todos os lugares onde se tornou o assunto da conversa. O paciente, Sr. Edward Stapleton, havia morrido, aparentemente, de febre tifoide, acompanhada de alguns sintomas anômalos, que aguçaram a curiosidade dos seus médicos assistentes. Diante da aparente morte, seus amigos foram solicitados a autorizar um exame *post-mortem*, mas eles se recusaram a permitir o exame. Como ocorre com alguma frequência quando tais recusas são feitas, os médicos resolveram exumar o corpo e dissecá-lo, sem pressa, por conta própria. Arranjos foram facilmente realizados com alguns dos inúmeros pelotões de ladrões de cadáveres que abundavam em Londres; e, na terceira noite após o funeral, o suposto defunto foi desenterrado de uma sepultura profunda de dois metros e meio e depositado na sala de operações de um dos hospitais particulares.

Uma incisão de certa extensão fora realmente feita no abdômen, quando o aspecto fresco e incorrupto do indivíduo sugeriu a aplicação da bateria. Um experimento sucedeu o outro, e os efeitos de costume sobrevieram sem nada que os caracterizasse de alguma forma, a não ser em uma ou outra ocasião, como algo além de um simples grau de vitalidade durante a ação convulsiva.

O tempo urgia. O dia estava prestes a raiar; pensou-se oportuno, enfim, proceder imediatamente à dissecação. Um estudante, entretanto, estava especialmente desejoso de testar uma teoria sua, e insistiu em aplicar a bateria em um dos músculos peitorais. Um tosco talho foi feito e um fio apressadamente posto em contato, quando o paciente, num movimento ágil e pouco convulsivo, ergueu-se da mesa, andou até o centro da sala, olhou pasmado ao seu redor por alguns segundos, e então – falou. O que ele disse era ininteligível, mas palavras foram proferidas; a silabação era distinta. Tendo falado, caiu pesadamente ao chão.

Por alguns instantes, todos ficaram paralisados de pavor, mas a urgência do caso logo lhes restituiu a presença de espírito. Constatou-se que o Sr. Stapleton estava vivo, embora desfalecido. Ao expô-lo ao éter, ele reviveu e rapidamente recobrou a saúde e o convívio de seus amigos – dos quais, porém, todo conhecimento de sua ressurreição foi ocultado, até que uma recaída não fosse mais temida. Seu espanto – seu arrebatador assombro – é fácil conceber.

A mais emocionante peculiaridade desse incidente, no entanto, consiste em algo que o próprio Sr. Stapleton afirma. Ele declara que em nenhum período esteve totalmente insensível – que, imprecisa e confusamente, ele estava ciente de tudo o que lhe acontecia – desde o momento em que foi declarado morto pelos médicos, até aquele, no qual caiu desfalecido no chão do hospital. "Estou vivo" eram as incompreendidas palavras que, ao reconhecer que se tratava da sala de dissecação, ele tinha se esforçado, no ápice da agonia, em proferir.

Seria algo fácil multiplicar histórias como essa – mas abstenho-me – visto que, na verdade, não precisamos disso para comprovar o fato de que enterros prematuros ocorrem. Quando ponderamos quão raramente, dada a natureza do caso, temos a possibilidade de detectá-los, temos que admitir que eles podem frequentemente ocorrer sem que nós tomemos conhecimento disso. É raro que, na verdade, num cemitério já invadido, com qualquer propósito e em qualquer proporção, não se encontrem esqueletos em posições que suscitam a mais pavorosa das suspeitas.

Pavorosa realmente é a suspeita, porém mais pavorosa é a sina! Pode-se afirmar, sem hesitação, que nenhum evento é tão terrivelmente talhado para inspirar a suprema agonia do corpo e da mente quanto o enterro antes da morte. A insuportável opressão dos pulmões, os vapores sufocantes da terra úmida, o incômodo das vestes fúnebres, o rígido abraço da apertada habitação, a treva da Noite absoluta, o silêncio como um oceano que oprime, a invisível, mas perceptível presença do Verme Vencedor – tudo isso, com os pensamentos no ar e na relva da superfície, com a lembrança dos amigos queridos que viriam voando nos salvar se soubessem da nossa sorte, e com a consciência de que eles nunca saberiam dessa triste sina, que nos resta a desesperança dos que estão realmente mortos, – essas considerações, eu digo, trazem ao coração, que ainda palpita, um tal grau de aterrorizante e intolerável pavor, que a mais atrevida imaginação repelirá. Não temos conhecimento de nada tão agoniante na face da Terra – não podemos imaginar nem a metade de algo tão horrendo nas profundezas mais remotas do reino do Inferno. E, assim, todas as narrativas sobre esse assunto causam profundo interesse; um interesse que, apesar de tudo, pelo medo sagrado do assunto em si, depende muito essencial e particularmente da convicção que temos da veracidade do caso narrado. O que tenho para contar agora é de meu próprio e real conhecimento – de minha concreta e pessoal experiência.

Durante vários anos estive sujeito a ataques de um singular distúrbio que os médicos concordaram em chamar de catalepsia, na falta de uma denominação mais definitiva. Embora tanto as causas imediatas e predisponentes quanto o verdadeiro diagnóstico dessa doença permaneçam um mistério, seu caráter aparente e óbvio é suficientemente bem compreendido. Suas variações parecem ser principalmente de grau. Às vezes, o paciente jaz por apenas um dia ou por um período mais curto, numa espécie de exagerada letargia. Ele fica sem sentidos e sem movimentos aparentes; mas a pulsação do coração ainda se mantém ligeiramente perceptível; alguns vestígios de calor perduram; uma leve coloração resiste no meio das maçãs do rosto; e, ao apoiar-se um espelho sobre os lábios, é possível detectar uma preguiçosa, irregular e hesitante atividade dos pulmões. Outras vezes a duração do transe é de semanas ou até de meses e nem uma investigação apurada, nem os mais rigorosos exames médicos têm êxito em apontar alguma diferença importante entre o estado do sofredor e aquilo que concebemos como morte absoluta. Muito comumente ele é salvo do sepultamento prematuro apenas pelo testemunho dos amigos de que ele já esteve sujeito à catalepsia, pelas consequentes suspeitas despertadas, e, acima de tudo, pela ausência de deterioração visível. A evolução da enfermidade é, felizmente, gradual. As primeiras manifestações, ainda que marcadas, são inequívocas. Os ataques vão se tornando sucessivamente mais e mais evidentes e duram cada vez mais do que os precedentes. É aí que reside a principal garantia contra a inumação. O infeliz, cujo primeiro ataque suceda com severidade extrema, como não raro ocorre, quase que inevitavelmente será enviado com vida ao túmulo.

Meu próprio caso não diferia em nada importante desses mencionados em livros de medicina. Às vezes, sem causa aparente, eu mergulhava pouco a pouco em uma condição de semissíncope ou parcial desmaio; e, nesse estado, sem dor, sem a capacidade de mover-me, ou, estritamente falando, de pensar, mas com uma consciência vaga e letárgica da vida e da presença daqueles que circundavam minha cama, eu ficava até que a crise da doença me devolvesse, inesperadamente, à perfeita sensação. Em outras ocasiões, eu era rápida e impetuosamente acometido. Eu adoecia, ficava entorpecido, frio, atordoado, e caía prostrado instantaneamente. Então, por semanas, tudo era vazio, tenebroso, silencioso, e o Nada se transformava em universo. A total aniquilação não poderia superar isso. Destes últimos ataques, eu acordava, entretanto, num ritmo mais lento em proporção à brusquidão do surto. Da mesma forma como o dia amanhece para os mendigos sem amigos e sem moradia, que vagam pelas ruas ao longo das intermináveis e desoladas noites de inverno, assim também tardiamente, cansada e reconfortada voltava a mim a luz da Alma.

À parte da minha tendência a entrar em transe, entretanto, minha saúde em geral parecia ser boa; nem mesmo concebia que ela fosse de alguma forma afetada pela existência da moléstia, a não ser, claro, que uma idiossincrasia em meu sono regular pudesse ser considerada decorrente dela. Ao acordar do repouso, eu nunca era capaz de, instantaneamente, recobrar o controle dos meus sentidos, e sempre permanecia, por muitos minutos, em grande espanto e perplexidade; e as faculdades mentais, em geral, mas a memória em especial, estavam em estado de completa suspensão.

Em nenhum dos meus acessos houve sofrimento físico, mas sim uma infindável angústia moral. Minha imaginação se tornou macabra, eu falava "de vermes, de túmulos e de epitáfios". Perdia-me em devaneios sobre a morte, e a ideia de um enterro prematuro continuamente tomava conta do meu cérebro. O apavorante Perigo ao qual eu estava sujeito assombrava-me dia e noite. No primeiro, a tortura da meditação era excessiva, no segundo, suprema. Quando a austera Escuridão se espalhava pela Terra, então, a cada horrível pensamento, eu tremia – tremia como tremem as plumas nos carros funerários. Quando a Natureza não podia mais suportar a vigília, eu me deixava adormecer com relutância – pois estremecia ao pensar que, ao acordar, poderia encontrar-me inquilino de um túmulo. E quando, finalmente, eu caía no sono, era apenas para precipitar-me diretamente num mundo fantasmagórico, sobre o qual, como amplas, negras e sobrepujantes asas, pairava, predominante, a Ideia sepulcral.

Das inúmeras imagens de melancolia que me oprimiam durante os sonhos, escolho reproduzir apenas uma visão solitária. Penso que estava imerso em um transe cataléptico mais longo e profundo do que o usual. Repentinamente, uma mão gelada tocou minha fronte, e uma impaciente e balbuciante voz sussurrou em meu ouvido "Levanta-te".

Sentei-me ereto. A escuridão era total. Não distinguia a figura da pessoa que me acordara. Eu não me recordava do momento em que havia entrado em transe nem do local onde estava deitado. Enquanto ainda permanecia sem movimentos e empenhado em ordenar meu pensamento, a fria mão agarrou firmemente meu pulso, chacoalhando-o petulantemente, enquanto a balbuciante voz disse novamente:

— Levanta-te! Já não ordenei que te levantasses?

— E tu — exigi — quem és?

— Não tenho nome nas regiões que habito — replicou a voz, pesarosamente. — Eu era mortal, mas sou demônio, eu era impiedoso, mas sou compassivo. Sentes como tremo. Meus dentes batem enquanto falo, porém, não é da frieza da noite, da noite sem fim. Mas esse horror é insuportável. Como podes tu dormir tranquilamente? Não posso repousar devido aos gritos dessas grandes agonias. Essas visões são mais do que posso suportar. Põe-te de pé! Acompanha-me até a Noite exterior e deixa-me revelar-te as tumbas. Não é esse um espetáculo de tormento? Contempla!

Eu olhei, e a figura invisível, que ainda me segurava pelo pulso, provocou a abertura de todos os túmulos da humanidade, e de cada um deles emanava a tênue radiação fosfórica da decomposição, de modo que eu pude enxergar os mais recônditos recessos, e também ver corpos envoltos em mortalhas em seu triste e solene descanso com o verme. Porém, ah! os que verdadeiramente dormiam eram menos, muitos milhões a menos, do que aqueles que não estavam mesmo adormecidos; e houve uma fraca luta; e houve uma inquietação generalizada; e das profundezas das incontáveis covas emergiam estalidos melancólicos das vestes dos enterrados. E entre aqueles que pareciam repousar placidamente, notei que um vasto número havia mudado, em maior ou menor grau, a rígida e incômoda posição na qual haviam sido originalmente enterrados. E a voz voltou a falar enquanto eu observava:

— Não é mesmo, oh! Não é uma deplorável visão?

— Mas, antes que eu pudesse encontrar as palavras para responder, a figura deixara de segurar meu pulso, as luzes fosfóricas se extinguiram, e as tumbas se fecharam com súbita violência, enquanto delas surgia um tumulto de gritos desesperados que diziam novamente: — Não é, oh Deus? Não é uma visão muito deplorável?

Fantasias como essas, que se apresentavam à noite, prolongavam sua terrível influência durante minhas horas de vigília. Meus nervos ficaram totalmente extenuados, e eu me entreguei a um terror perpétuo. Eu receava cavalgar, ou caminhar, ou envolver-me em qualquer prática que me fizesse afastar de casa. De fato, eu não mais me atrevia a deixar a presença imediata daqueles que conheciam minha predisposição à catalepsia temendo que, ao sofrer um de meus habituais ataques, fosse enterrado antes que minha real condição pudesse ser averiguada. Eu duvidava da atenção e da fidelidade dos meus mais queridos amigos. Tinha o pavor de que, em algum transe mais prolongado do que de costume, eles pudessem se convencer que eu não me recuperaria. Cheguei ao extremo de recear que, por ter causado tantos transtornos, eles poderiam ficar felizes em considerar qualquer ataque mais prolongado uma desculpa para finalmente se verem livres de mim. Em vão, eles tentavam me tranquilizar com as mais solenes promessas. Eu exigia os juramentos mais sagrados de que eles, sob nenhuma circunstância, deixariam que eu fosse enterrado antes que a decomposição estivesse tão adiantada que impossibilitasse qualquer tentativa ulterior de preservação. E, mesmo assim, meus terrores da morte não ouviam a razão – não aceitavam consolação. Dediquei-me a uma série de precauções elaboradas. Entre outras coisas, a cripta da família foi remodelada de modo a permitir sua breve abertura pelo lado interno. Uma leve pressão numa longa alavanca que se estendia no interior da tumba provocaria a abertura dos portões de ferro. Também foram feitas modificações para liberar a passagem de ar e luz, e providenciados convenientes recipientes para água e comida que ficariam ao alcance do caixão reservado para mim. A urna era acolchoada para que fosse macia e quente, e era dotada de uma tampa, que utilizava o mesmo princípio adotado nos portões da cripta, com molas tão engenhosas que o mais sutil movimento do corpo seria suficiente para abri-la. Não fosse tudo isso suficiente, pendia do teto da cripta um grande sino, cuja corda, como projetado, se estenderia através de um buraco no caixão e seria atada às mãos do defunto. Mas, ai de mim, de que vale a vigilância contra o Destino de um homem? Nem mesmo essas elaboradas proteções foram suficientes para salvar das piores agonias da inumação em vida um homem ao qual essas agonias estavam predestinadas!

Chegou uma ocasião – como acontecera várias vezes em ocasiões anteriores – na qual eu me encontrava emergindo da total inconsciência para um tênue e indefinido senso de existência. Lentamente – a passos de tartaruga – aproximava-se o amanhecer cinzento e desbotado do dia psicológico. Uma inquietação entorpecida. Uma resistência apática a um pesado sofrimento. Nenhuma ansiedade, nenhuma esperança, nenhum esforço. Então, após um longo intervalo, um zunido em meus ouvidos; em seguida, depois de um lapso de tempo ainda maior, uma sensação de dormência ou formigamento nas extremidades; então, um período aparentemente interminável de agradável tranquilidade enquanto os sentidos que despertavam se acomodavam no pensamento; depois, um breve retorno a não existência; então, uma repentina recuperação. Finalmente, a tremida de uma pálpebra, e um subsequente choque elétrico de terror, mortal e indefinido, que envia o sangue em torrentes das têmporas ao coração. E agora, o primeiro esforço evidente de pensamento. Agora, o primeiro esforço para lembrar. E agora, um sucesso parcial e evanescente. E agora a memória tanto recobrou seu controle, que, de certa forma, reconheço meu estado. Sinto que não estou despertando de um sono comum. Recordo que fui acometido de um surto cataléptico. E agora, finalmente, como que numa investida do oceano, meu espírito estremecido é oprimido por aquele macabro Perigo – por aquela ideia espectral e recorrente.

Após alguns minutos possuído por essa fantasia, eu permanecia imóvel. Por quê? Não podia encontrar coragem para mover-me. Não ousava fazer esforços para confirmar a minha sina – e ainda havia algo em meu coração que cochichava que era verdade. Desespero – como nenhum outro tipo de desgraça poderia provocar – o próprio desespero me impeliu, após longa indecisão, a abrir minhas pesadas pálpebras. Abri-as. Estava escuro, totalmente escuro. Sabia que o surto tinha terminado. Sabia que a crise do meu transtorno passara havia tempo. Sabia que tinha recobrado totalmente o uso das minhas faculdades visuais – e ainda assim estava escuro – tudo escuro, a intensa e absoluta ausência de luz da Noite que dura para sempre.

Tentei gritar, e meus lábios e minha língua ressecada moveram-se convulsivamente nesse intento, mas nenhuma voz saía dos cavernosos pulmões que, como se fossem comprimidos pelo peso de uma montanha, arfavam e palpitavam com o coração a cada trabalhosa e sofrida respiração. O movimento das mandíbulas, na tentativa de gritar alto, mostrava-me que elas estavam atadas, como é usual com os mortos. Senti, também, que jazia sobre um material duro e que algo similar me comprimia nas laterais. Até então eu não tinha tentado mover nenhum dos meus membros, mas agora eu levantava violentamente os braços, que haviam permanecido em repouso com os punhos cruzados. Eles bateram em algo de madeira que se elevava a não mais do que seis polegadas do meu rosto. Não podia mais duvidar que repousava, enfim, dentro de um caixão.

E nesse momento, do meio de minhas infinitas misérias, surgiu docemente o anjo da Esperança, pois pensei nas precauções que tinha tomado. Contorci-me, e envidei esforços espasmódicos para forçar a abertura da tampa: não se movia. Apalpei os pulsos em busca da corda do sino: não encontrei. O Confortador me abandonava para sempre e um ainda austero Desespero reinava triunfante, pois não pude deixar de notar a ausência do estofamento que havia tão cuidadosamente preparado – e além de tudo, chegava às minhas narinas o peculiar e forte odor de terra úmida. A conclusão era inevitável. Eu não estava na cripta. Eu havia caído em transe quando distante de casa, entre estranhos. Não podia recordar quando ou como, e fora enterrado por eles como um cão, fechado com pregos em um caixão comum, e lançado bem fundo, muito fundo, e para sempre, em alguma cova ordinária e sem nome.

Quando essa pavorosa convicção se instalou à força no recôndito de minha alma, tentei novamente emitir um grito. E nesse segundo esforço, obtive sucesso. Um longo e frenético urro, ou grito de agonia, ressoou pelos domínios da Noite subterrânea.

— Oi! Oi! — respondeu uma voz áspera.

— Que diabos está acontecendo agora? — disse uma segunda voz.

— Saia daí! — disse um terceiro.

— O que você pretende berrando desse jeito, como um gato selvagem? — falou uma quarta pessoa.

E, depois disso, fui agarrado e sacudido sem cerimônia, durante vários minutos, por um grupo de homens de aparência tosca. Eles não me despertaram de meu sono – pois eu já estava acordado quando gritei, mas eles me fizeram recobrar o completo controle de minha memória.

Essa aventura ocorreu perto de Richmond, na Virgínia. Acompanhado por um amigo, eu havia trilhado por algumas milhas, durante uma caçada, às margens do rio James. A noite se aproximava e fomos surpreendidos por uma tempestade. A cabine de uma pequena chalupa ancorada no rio e carregada de terra de jardim mostrou-se o único abrigo disponível. Acomodados da melhor forma que era possível, passamos a noite a bordo. Dormi em um dos dois únicos beliches disponíveis na embarcação – e os leitos de uma embarcação de sessenta ou setenta toneladas não precisam de maiores descrições. Aquele que ocupei não tinha nenhum tipo de acolchoamento. Sua largura não ultrapassava os cinquenta centímetros. A distância entre o estrado e o convés acima era exatamente a mesma. Foi com extrema dificuldade que me espremi lá dentro. Apesar disso, dormi profundamente, e minha visão completa – pois, não era nem sonho nem pesadelo

– surgiu naturalmente das circunstâncias de minha posição e de minha habitual tendência de pensamentos, e devido às dificuldades que mencionei de recuperar os sentidos, em especial a memória, por um longo tempo após despertar. Os homens que me sacudiram pertenciam à tripulação da embarcação e alguns deles haviam começado a descarregá-la. Da própria carga veio o odor da terra úmida. A bandagem em torno das mandíbulas era de um lenço de seda que havia enrolado na cabeça na falta de minha costumeira touca de dormir.

As torturas suportadas, entretanto, naquele momento, pareciam indubitavelmente semelhantes àquelas de um sepultamento real. Elas eram medonhas e inconcebivelmente horrendas. Mas do Mal procede o Bem, pois seus próprios excessos forjaram em meu espírito uma revolução inevitável. Minha alma adquiriu vigor, equilíbrio. Viajei para o exterior. Fiz vigorosos exercícios. Respirei o ar do Paraíso. Passei a pensar em outros assuntos que não a Morte. Descartei meus livros de medicina. Queimei Buchan. Não li mais *Pensamentos Noturnos*, nem narrativas de cemitérios, nem contos assustadores como este. Em suma, tornei-me um novo homem e vivi a vida de um homem. Desde aquela memorável noite, dispensei para sempre minhas apreensões sepulcrais, e com elas sumiu meu transtorno cataléptico, do qual, talvez, fossem menos a consequência do que a causa. Há momentos em que, mesmo para o mais sensato olho da Razão, o mundo de nossa triste Humanidade pode assumir a aparência de um Inferno, mas a imaginação do homem não é Carathis para explorar impunemente suas cavernas. Oh! A horrível legião de terrores sepulcrais não pode ser considerada como totalmente fantasiosa, mas, tal como os Demônios, em cuja companhia Afrasiab fez sua viagem até Oxus, eles precisam dormir ou vão nos devorar, devem mergulhar no sono ou nós pereceremos.

OS ASSASSINATOS DA RUA MORGUE

*Quais as canções que cantavam as Sereias, ou que nome Aquiles
adotou quando se escondeu entre as mulheres: embora enigmáticas,
tais questões não estão acima de toda a conjectura.*

Sir Thomas Browne

As características das inteligências consideradas analíticas são, em si mesmas, pouco suscetíveis a análises. Só as apreciamos através de seus efeitos. Sabemos, entre outras coisas, que para aqueles que as possuem em alto grau, são sempre a fonte do mais vivo prazer. Assim como o homem forte vibra com sua habilidade física, e se deleita com aqueles exercícios que chamam seus músculos para a ação, assim o analista encontra satisfação na atividade moral que desembaraça as coisas. Ele encontra prazer até mesmo nas ocupações mais triviais que coloquem em ação seus talentos. Adora os enigmas, as charadas e os hieróglifos; exibe, na solução de cada um deles, um grau de perspicácia que parece sobrenatural às pessoas comuns. Seus resultados, obtidos através do método, em toda a sua alma e essência, apresentam, na verdade, toda a aparência da intuição.

A faculdade da resolução é possivelmente bastante fortalecida pelo estudo das matemáticas, especialmente por seu ramo mais alto, que, injustamente, e apenas em função de suas operações retrógradas, vem sendo chamado de análise, por excelência. Todavia, calcular não é o mesmo que analisar. Um enxadrista, por exemplo, faz a primeira sem se esforçar pela segunda. Segue-se que o jogo de xadrez, em seus efeitos sobre a natureza da inteligência, é muito mal compreendido. Não estou agora escrevendo um tratado, mas simplesmente prefaciando uma narrativa um tanto peculiar através de observações bastante aleatórias. Dessa forma, aproveitarei a oportunidade para afirmar que os poderes mais altos da inteligência reflexiva são utilizados de forma mais decidida e mais útil em um humilde jogo de damas do que na frivolidade complicada do xadrez. Neste último, onde as peças têm movimentos diferentes e bizarros, com valores diversos e variados, aquilo que é apenas complexo é confundido (um erro bastante comum) com o que é profundo. Aqui, o jogo clama por atenção. Se esta falhar por um instante, o jogador comete um descuido que terá como resultado uma perda ou a derrota. Uma vez que os movimentos possíveis não são apenas variados, mas também intrincados, as possibilidades de descuido são multiplicadas; e em nove entre dez casos, é o jogador mais concentrado, e não o mais inteligente, quem vence. No jogo de damas, ao contrário, em que os movimentos são únicos e com pouca variação, as probabilidades de descuido são menores e a atenção fica relativamente ociosa, as vantagens obtidas por qualquer das partes são conseguidas através de uma perspicácia maior. Para sermos menos abstratos, suponhamos um jogo de damas em que as peças estão reduzidas a quatro damas e no qual, é claro, não se espere qualquer distração. É óbvio que aqui a vitória pode ser decidida (se os adversários estão em igualdade de condições) somente através de algum movimento elaborado resultado de um grande esforço do intelecto. Desprovido de recursos ordinários, o analista penetra no espírito do oponente, identifica-se com ele e, com frequência, vê, num relance, o único método (às vezes absurdamente simples) pelo qual pode induzi-lo a um erro ou encorajá-lo a um cálculo errado.

O *whist* vem sendo notado há tempos por sua influência sobre o que é denominado poder de cálculo; e homens dotados de grande intelecto têm experimentado um prazer aparentemente inexplicável nesse jogo, ao mesmo tempo em que deixam de lado o xadrez, por considerá-lo uma frivolidade. Sem dúvida, não há nada de natureza semelhante que exija tanto da faculdade analítica. O melhor enxadrista do mundo cristão pode não ser nada além de o melhor enxadrista; mas a proficiência no *whist* implica uma capacidade para o sucesso em todos os empreendimentos importantes onde duas mentes se enfrentam. Quando falo em "proficiência", refiro-me àquela perfeição no jogo que inclui uma compreensão de todas as possibilidades das quais uma vantagem legítima pode ser obtida. Estas últimas são não apenas múltiplas como multiformes, e frequentemente se encontram em recessos da mente totalmente inacessíveis à compreensão das pessoas comuns. Observar com atenção significa lembrar com clareza; e, nesse sentido, o enxadrista concentrado vai se sair muito bem no *whist*[12] ; pois as regras de Hoyle (que se baseiam no próprio mecanismo do jogo) são compreensíveis, de maneira geral e satisfatória. Portanto, possuir uma memória retentiva e jogar de acordo com as regras são pontos normalmente considerados como sendo a síntese de um bom jogador. Mas é nas questões que estão além dos limites das regras que a habilidade do analista se evidencia. Em silêncio, ele faz uma miríade de observações e inferências. Talvez assim também façam seus companheiros; e a diferença na quantidade de informações obtidas não está na validade da inferência, mas na qualidade da observação. O conhecimento necessário é o *do que* observar. Nosso jogador não se restringe a si mesmo; e, mesmo sendo o jogo o objeto, ele não rejeita deduções de elementos externos a ele. Ele examina a fisionomia do parceiro e a compara cuidadosamente com as

---

[12] Jogo ancestral do bridge disputado com um baralho de 52 cartas, distribuídas igualmente para quatro jogadores, que compõem duas duplas adversárias. Edmond Hoyle é considerado o pai do Whist.

fisionomias de cada um de seus oponentes. Ele estuda o modo de ordenar as cartas em cada mão; muitas vezes conta trunfo por trunfo e manilha por manilha, pela forma como quem as segura olha para elas. Ele nota cada variação de expressão à medida que o jogo avança, reunindo um banco de pensamentos a partir das diferenças de expressão de segurança, de surpresa, de triunfo ou de contrariedade. Pela maneira como recolhe uma vaza, ele julga se a pessoa que a recolheu pode pegar outra do naipe. Ele reconhece o blefe pelo jeito como a carta é jogada sobre a mesa. Uma palavra casual ou inadvertida; a queda acidental ou a virada de uma carta, com a ansiedade ou a negligência com que procura ocultá-la; a contagem das vazas, com a ordem de sua disposição; o embaraço, a hesitação, a afobação ou o receio – tudo permite à sua percepção aparentemente intuitiva indicações sobre a realidade das coisas. Depois de jogadas duas ou três mãos, conhece as cartas de cada jogador e, a partir daí, descarta as suas com uma precisão de propósito tão absoluta como se o resto dos participantes estivesse jogando com as cartas abertas.

O poder analítico não deve ser confundido com a engenhosidade em sentido amplo; pois, enquanto o analista é necessariamente esperto, o homem esperto muitas vezes é claramente incapaz de análise. A faculdade construtiva ou combinatória, através da qual a engenhosidade normalmente se manifesta, e a qual os frenologistas (de maneira equivocada, a meu ver) atribuíram um órgão à parte, supondo-a uma faculdade primitiva, tem sido observada com muita frequência naqueles cuja inteligência beira, ao contrário, à idiotice, de modo a ter atraído a observação geral daqueles que escrevem sobre temas morais. Entre a engenhosidade e a faculdade analítica existe uma diferença bem maior, de fato, do que aquela entre a fantasia e a imaginação, mas de natureza estritamente análoga. Veremos que, de fato, os engenhosos são sempre fantasiosos, enquanto que os verdadeiramente imaginativos são sempre analíticos.

A narrativa que se segue parecerá ao leitor, de certa forma, uma ilustração das proposições que acabo de apresentar.

Quando residi em Paris, durante a primavera e parte do verão de 18, conheci um senhor chamado C. Auguste Dupin. O jovem cavalheiro era de uma excelente – de fato, ilustre – família, porém, por uma série de eventos desfavoráveis, tinha sido reduzido a uma pobreza tal que a energia de seu caráter sucumbiu à desgraça, e ele desistiu de erguer-se outra vez no mundo ou de preocupar-se em recuperar sua fortuna. Por cortesia dos credores, ainda permanecia em sua posse uma pequena parte de seu patrimônio; e, com a renda que daí obtinha, conseguia, através de uma rigorosa economia, satisfazer as necessidades básicas da vida, sem se preocupar com futilidades. Os livros, na verdade, eram seu único luxo, e em Paris é muito fácil consegui-los.

Nosso primeiro encontro foi em uma biblioteca pouco conhecida na Rua Montmartre, onde a casualidade de que ambos estávamos à procura do mesmo volume – um livro muito raro e extraordinário – fez com que nos aproximássemos. Voltamos a nos encontrar por várias vezes. Eu estava profundamente interessado na pequena história de família que ele relatava com detalhes e com toda aquela candura que um francês se permite quando o assunto é ele mesmo. Fiquei impressionado, também, com a extensão de suas leituras; e, acima de tudo, senti minha alma ser inspirada pelo fervor desenfreado e pelo vívido frescor de sua imaginação. Por procurar em Paris os objetivos que então buscava, senti que a companhia de um homem como esse seria um tesouro inestimável; e confiei a ele esta impressão com toda a franqueza. Afinal, ficou decidido que iríamos morar na mesma casa durante minha permanência na cidade; e como minha situação financeira era um pouco menos complicada que a dele, ficou a meu cargo alugar e mobiliar – em um estilo que se harmonizasse com a melancolia meio fantástica de nossos temperamentos –, uma mansão destruída pelo tempo e grotesca, há muito não habitada devido a superstições sobre as quais não perguntamos, e a ponto de desabar, localizada em uma parte remota e um tanto desolada do Faubourg St. Germain.

Se a rotina de nossa vida neste lugar chegasse ao conhecimento do mundo, teríamos sido considerados loucos – embora, talvez, dois loucos inofensivos. Nosso isolamento era perfeito. Não recebíamos nenhum visitante. Na verdade, a localização de nosso retiro tinha sido mantida em segredo para meus antigos amigos; e Dupin, já há muitos anos, tinha deixado de conhecer e de ser conhecido em Paris. Vivíamos para nós mesmos.

Uma das excentricidades de meu amigo (de que mais posso chamá-la?), era gostar da noite, apenas por gostar; e a essa *bizarrerie*, como a todas as outras, eu também me rendi; entreguei-me aos caprichos estranhos de meu amigo com um perfeito abandono. A divindade negra não podia estar conosco todo o tempo, mas podíamos fingir sua presença. Assim que o dia rompia, fechávamos todas as persianas imundas de nossa casa velha e acendíamos algumas velas que, com um perfume forte, projetavam apenas os raios de luz mais pálidos e débeis. Com a ajuda desses raios, ocupávamos nossas almas em sonhos – lendo, escrevendo ou conversando –, até que o relógio nos avisava da chegada da verdadeira escuridão. Então saíamos às ruas, de braços dados, e continuávamos a discutir os tópicos do dia ou simplesmente vagávamos sem destino até tarde, procurando, entre as luzes e sombras estranhas da cidade populosa, aquela infinidade de estimulação da mente que a observação em silêncio pode conceder.

Nessas ocasiões, eu não podia deixar de notar e admirar em Dupin (embora, por sua percepção profunda, já estivesse preparado para esperar por ela) uma habilidade analítica peculiar. Ele parecia, também, sentir um enorme entusiasmo em exercitá-la – ou, talvez, mais exatamente, em exibi-la – e não hesitava em confessar o prazer que isso lhe dava. Ele se gabava, com uma risadinha discreta, de que a maioria dos homens, do ponto de vista dele, tinha janelas no peito; e tinha o costume de acompanhar tais afirmações com provas diretas e bastante surpreendentes de seu conhecimento íntimo de meus sentimentos. Nestes momentos, sua atitude era fria e abstraída; os olhos mostravam uma expressão vazia; e a voz, em geral de um tenor sonoro, subia para um falsete que pareceria petulante não fosse pela intencionalidade e pela completa clareza com que era articulada. Ao observá-lo nesta disposição, muitas vezes me ocorria pensar na antiga filosofia da *alma bipartida* e me divertia com a ideia da existência de um duplo Dupin – o criativo e o analista.

Mas não se suponha, do que acabei de dizer, que estou detalhando algum mistério ou descrevendo um romance. O que descrevi de meu amigo francês foi apenas a conclusão de uma mente fascinada ou, talvez, doentia. Mas um exemplo demonstrará melhor o caráter de suas observações nos períodos em questão.

Certa noite, estávamos passeando por uma rua longa e suja, nas proximidades do *Palais Royal*. Estando ambos, aparentemente, imersos em pensamentos, nenhum de nós tinha proferido uma única sílaba nos últimos quinze minutos. De repente, Dupin quebrou o silêncio com estas palavras:

— Ele é um sujeito muito baixinho, é verdade, e estaria melhor no *Théâtre des Variétés.*

— Não resta dúvida — respondi distraidamente, sem observar, a princípio (por estar absorto em reflexões) a maneira extraordinária com que ele havia penetrado em minha meditação. No instante seguinte, dei conta do acontecido e meu espanto foi profundo.

— Dupin — disse eu, com a voz rouca —, isto está além de minha compreensão. Não hesito em dizer que estou admirado, e dificilmente posso acreditar em meus sentidos. Como é possível que você soubesse que eu estava pensando em...? — Fiz uma pausa neste ponto, como que para me certificar – para que não restasse dúvida – de que ele realmente sabia em quem eu estava pensando.

— Em Chantilly — disse ele. — Por que fez uma pausa? Você estava dizendo a si mesmo que a estatura diminuta dele não era adequada a papéis trágicos.

Este era, precisamente, o assunto de minhas reflexões. Chantilly tinha sido um antigo sapateiro da Rua St. Denis que, tendo adquirido a febre do palco, tentou o papel de Xerxes, na tragédia de mesmo nome de Crébillon, e foi publicamente satirizado por seus esforços.

— Explique-me, pelo amor de Deus — exclamei —, o método, se é que há algum, pelo qual você foi capaz de penetrar em minha alma dessa forma. — Na verdade, eu estava muito mais impressionado do que gostaria de admitir.

— Foi o vendedor de frutas — replicou meu amigo — que o levou à conclusão de que o sapateiro não tinha altura suficiente para o papel de Xerxes e qualquer outra coisa do gênero.

— O vendedor de frutas! Você me surpreende! Não conheço nenhum vendedor de frutas!

— O homem que esbarrou em você quando entramos na rua. Deve ter sido há uns quinze minutos.

Lembrei-me então que, de fato, um vendedor de frutas, que carregava na cabeça um grande cesto cheio de maçãs, quase tinha me derrubado por acidente, quando dobramos a esquina da Rua C. com a avenida em que agora estávamos, mas o que isso poderia ter a ver com Chantilly eu não conseguia entender.

Mas não havia uma partícula sequer de charlatanismo em Dupin.

— Vou explicar — disse ele. — E para que você possa compreender tudo com clareza, vamos primeiro retraçar o curso de suas meditações, do momento em que falei com você até o momento do choque com o vendedor de frutas. Os elos maiores da cadeia são os seguintes: Chantilly, Orion, Dr. Nichol, Epicuro, estereotomia, as pedras da rua e o vendedor de frutas.

Há poucas pessoas que não tenham, em algum momento de suas vidas, se divertido em tentar reconstruir os passos que os levaram a determinadas conclusões. A atividade é, muitas vezes, cheia de interesse, e aquele que tenta realizá-la pela primeira vez pode ficar espantado com a distância aparentemente ilimitada e com a incoerência entre o ponto de partida e o de chegada. Imagine então minha surpresa ao ouvir o francês dizer o que disse, e quando não pude deixar de reconhecer que havia dito a verdade. Ele continuou:

— Estávamos falando sobre cavalos, se me lembro bem, pouco antes de sairmos da Rua C. Este foi o último assunto que discutimos. Quando entramos nesta rua, um vendedor de frutas, com um grande cesto na cabeça, ao passar rapidamente por nós, empurrou-o sobre uma pilha de paralelepípedos amontoada em um ponto em que o calçamento está sendo consertado. Você pisou em uma das pedras soltas, escorregou, estirou levemente o tornozelo, pareceu irritado ou de mau humor, resmungou umas poucas palavras, voltou-se para olhar para o monte de pedras e então prosseguiu em silêncio. Eu não estava particularmente prestando atenção ao que você fazia, mas a observação vem se tornando para mim, ultimamente, uma espécie de necessidade. Você conservou os olhos no chão, olhando, com uma expressão carrancuda, para os buracos e sulcos do pavimento (foi então que percebi que você ainda estava pensando nas pedras), até que chegamos àquele beco chamado Lamartine, que foi pavimentado, à guisa de experiência, com aqueles blocos que se encaixam e se fixam uns aos outros. Ali o seu rosto se iluminou; e percebendo o movimento de seus lábios, não pude duvidar de que tenha murmurado a palavra "estereotomia", um termo afetado aplicado a essa espécie de pavimento. Eu sabia que você não poderia dizer a si mesmo "estereotomia", sem ser levado a pensar nas atomias, e, assim, nas teorias de Epicuro; e uma vez que, quando discutimos este assunto há pouco tempo, mencionei a forma singular, embora com pouca atenção, com que as adivinhações vagas daquele nobre grego estavam sendo agora confirmadas pela recente cosmogonia nebular, proposta pelo Dr. Nichol, senti que você não poderia deixar de erguer os olhos para a grande nebulosa de Órion, e estava seguro de que o faria. E você olhou para o céu; e agora eu tinha plena certeza de que tinha seguido corretamente seus passos. Mas naquela amarga crítica a Chantilly, que apareceu no Musée de ontem, o satirista fez algumas alusões maldosas à mudança de nome do sapateiro ao calçar os coturnos[13], e citou um verso em latim sobre o qual conversamos com frequência. Refiro-me à linha: *Perdidit antiquum litera prima sonum*[14]. Eu havia dito que esta citação referia-se a Órion, que antes se escrevia Úrion; e, devido a certas pungências ligadas a essa explicação, eu estava ciente de que você não iria esquecê-la. Estava claro, portanto, que você não iria deixar de relacionar as duas ideias – de Órion e de Chantilly. Que você realmente as combinou, percebi pela expressão do sorriso que passou por seus lábios. Você pensou na imolação do pobre sapateiro. Até então, você caminhava meio encurvado; mas, nesse momento, endireitou-se de modo a mostrar sua plena estatura. Foi então que tive a certeza de que você estava refletindo sobre a figura diminuta de Chantilly. Nesse ponto interrompi suas meditações para comentar que, de fato, ele era um sujeito muito pequeno – o Chantilly – e que ele se sairia melhor no *Théâtre des Variétés*.

Pouco tempo depois disso, estávamos olhando uma edição vespertina da *Gazette des Tribunaux*, quando o seguinte parágrafo atraiu nossa atenção:

---

[13] Em prol do trocadilho, traduziu-se o original "buskin" para "coturno". Como esse calçado é utilizado por personagens de tragédias gregas, "buskin" também significa figurativamente "tragédia".

[14] Em tradução literal do Latim, significa "arruinou o som com a primeira letra".

ASSASSINATOS EXTRAORDINÁRIOS – Nesta madrugada, por volta das três horas da manhã, os habitantes do Quartier St. Roch foram acordados por uma série de gritos terríveis que partiam, ao que parece, do quarto andar de uma casa na Rua Morgue, cujas únicas moradoras eram uma tal Madame L'Espanaye e sua filha, Mademoiselle Camille L'Espanaye. Depois de alguma demora, ocasionada pela tentativa infrutífera de conseguir entrar na casa pela maneira convencional, a porta de entrada foi arrombada com um pé-de-cabra e oito ou dez dos vizinhos entraram, acompanhados por dois gendarmes[15].

A essa altura, os gritos já haviam cessado, mas, enquanto o grupo subia às pressas o primeiro lance de escadas, foram ouvidas duas ou mais vozes ásperas em violenta discussão e que pareciam vir da parte superior da casa. Quando o grupo chegou ao segundo andar, também estes sons haviam cessado e tudo permanecia no mais perfeito silêncio. O grupo se espalhou e se apressou em examinar quarto por quarto. Ao chegarem a uma grande câmara na parte dos fundos do quarto andar (cuja porta, trancada a chave pelo lado de dentro, precisou ser arrombada), depararam-se com um espetáculo que encheu a todos os presentes não só de horror como de estupefação.

O apartamento estava na mais completa desordem – a mobília estava aos pedaços e tinha sido atirada em todas as direções. Havia apenas uma cama, mas o colchão tinha sido retirado dela e jogado no meio do aposento. Sobre uma cadeira, havia uma navalha manchada de sangue. Na lareira havia duas ou três mechas longas e espessas de cabelo humano grisalho, também cobertas de sangue, que pareciam ter sido arrancadas pela raiz. Espalhados pelo assoalho foram encontrados quatro napoleões[16], um brinco de topázio, três colheres grandes

---

[15] Oficial da polícia francesa.

[16] Moeda francesa de prata no valor de cinco francos. Mais adiante, o Métal d´Alger (Metal de Argel) referido é a alpaca, também chamado de Metal Branco, usado para talheres e objetos de arte.

de prata, três colheres menores de Métal d'Alger e duas bolsas, contendo quase quatro mil francos em ouro. As gavetas de uma escrivaninha, que ficava em um dos cantos da sala, estavam abertas e tinham sido aparentemente reviradas, embora muitos objetos ainda permanecessem dentro delas. Um pequeno cofre de ferro foi descoberto no chão, embaixo do colchão (não embaixo da cama). Estava aberto, com a chave ainda na porta. Continha apenas algumas cartas velhas e outros papéis de pouca importância.

Nenhum sinal de Madame L'Espanaye foi encontrado ali, mas, ao notar uma quantidade incomum de fuligem na lareira, a chaminé foi examinada e (coisa horrível de se relatar!) de lá retiraram o cadáver da filha, dependurado de cabeça para baixo; tinha sido empurrado para cima, através da abertura estreita da chaminé, por uma distância considerável. O corpo ainda estava quente. Ao examiná-lo, foram encontradas muitas escoriações, sem dúvida, ocasionadas pela violência com que foi empurrado chaminé acima, e depois pelo esforço necessário para retirá-lo. No rosto, havia muitos arranhões profundos, e, no pescoço, hematomas escuros e marcas fundas de unhas, como se a falecida tivesse sido estrangulada.

Após uma meticulosa investigação de cada parte da casa, sem novas descobertas, o grupo dirigiu-se a um pequeno pátio pavimentado nos fundos do edifício, onde jazia o corpo da velha senhora, com a garganta cortada a tal ponto que, ao tentarem erguer o corpo, a cabeça caiu no chão. O corpo – e também a cabeça – estavam terrivelmente mutilados; o primeiro, ao ponto de mal conservar qualquer semelhança com um corpo humano.

Até agora, segundo acreditamos, não existe ainda a menor pista que permita solucionar esse horrível mistério.

O jornal do dia seguinte trazia os seguintes detalhes adicionais:

A TRAGÉDIA DA RUA MORGUE – Muitos indivíduos foram interrogados com relação a este caso tão extraordinário e assustador, mas ainda nada transpirou que pudesse lançar alguma luz sobre ele. Transcrevemos abaixo todas as declarações importantes obtidas.

Pauline Dubourg, lavadeira, depôs que conhecia as falecidas há três anos, tendo lavado para elas durante todo esse período. A velha senhora e a filha pareciam manter boas relações e serem muito carinhosas uma com a outra. Pagavam muito bem. Nada sabia sobre seus meios de subsistência. Achava que Madame L'Espanaye ganhava a vida como cartomante. Segundo diziam, tinha dinheiro guardado. Jamais encontrou outras pessoas na casa quando ia buscar as roupas para lavar ou vinha devolvê-las. Tinha certeza de que não tinham empregados. Parecia não haver mobília em parte alguma da casa, exceto no quarto andar.

Pierre Moreau, vendedor de tabaco, declarou que costumava vender pequenas quantidades de tabaco e de rapé à Madame L'Espanaye já há uns quatro anos. Tinha nascido no bairro e sempre residira por lá. A falecida e a filha moravam há mais de seis anos na casa em que os cadáveres tinham sido encontrados. A casa antes era ocupada por um joalheiro, que sublocava os andares superiores para várias pessoas. A casa era de propriedade de Madame L'Espanaye. Ela ficou descontente com os abusos do inquilino e mudou-se para lá, recusando-se a alugar qualquer parte do prédio. A velha senhora era meio infantil. A testemunha tinha visto a filha cinco ou seis vezes durante aqueles seis anos. As duas viviam uma vida muito retirada – e dizia-se que tinham dinheiro. Ouviu dos vizinhos que Madame L'Espanaye lia o futuro – mas não acreditava nisso. Nunca tinha visto ninguém entrar na casa, exceto a velha senhora e a filha, um carregador, vez ou outra, e um médico, umas oito ou dez vezes.

Muitas outras pessoas, que moravam na vizinhança, depuseram no mesmo sentido. Não se falou de ninguém que frequentasse a casa. Não se sabia se Madame L'Espanaye e a filha tinham parentes vivos. As persianas das janelas da frente raramente eram abertas. As persianas dos fundos estavam sempre fechadas, com a exceção daquelas do grande quarto dos fundos do quarto andar. A casa era boa – não era muito antiga.

Isidore Musèt, gendarme, testemunhou que foi chamado à casa por volta das três horas da manhã e encontrou umas vinte ou trinta pessoas diante do portão, que se esforçavam para entrar. Pouco depois, abriu o portão à força com uma baioneta – não foi com um pé-de-cabra. Teve pouca dificuldade para abri-lo, porque era um portão de duas folhas e não estava trancado nem em cima nem embaixo. Os gritos continuaram enquanto o portão estava sendo arrombado, e então cessaram de súbito. Pareciam gritos de uma pessoa (ou pessoas) em grande agonia – eram altos e prolongados, e não curtos e rápidos. A testemunha subiu as escadas à frente de todos. Ao chegar ao primeiro andar, ouviu duas vozes que travavam uma violenta discussão – uma das vozes era rouca e zangada, a outra muito mais aguda – uma voz muito estranha. Conseguiu distinguir algumas das palavras ditas pela primeira voz, que era de um francês. Tinha certeza de que não era uma voz de mulher. Conseguiu distinguir as palavras sacré e diable. A voz mais aguda era de um estrangeiro. Não tinha certeza se era uma voz de homem ou de mulher. Não conseguiu entender nada do que foi dito, mas acreditava que falava em espanhol. A situação do quarto e dos corpos foi descrita pela testemunha conforme relatamos ontem.

Henri Duval, um vizinho, prateiro, testemunhou que fazia parte do grupo que entrou primeiro na casa. Em geral, corrobora o testemunho de Musèt. Tão logo forçaram a porta, tornaram a fechá-la para manter afastada a multidão que, apesar do adiantado da hora, se reunia rapidamente. A voz aguda, pensa a testemunha, era de um italiano. Tem certeza de que não era francês. Não tinha certeza se era voz de homem. Poderia ser de mulher. Não sabia falar italiano. Não conseguiu distinguir as palavras, mas estava convencido, pela entonação, de que a pessoa era italiana. Conhecera Madame L'Espanaye e sua filha. Conversava com as duas frequentemente. Tinha certeza de que a voz aguda não pertencia a nenhuma das falecidas.

Odenheimer, restaurador. A testemunha apresentou-se voluntariamente para testemunhar. Como não falava francês, o depoimento foi colhido com a ajuda de um intérprete. É natural de Amsterdã. Passava em frente à casa no momento dos gritos. Duraram por vários minutos – talvez uns dez. Eram longos e altos, muito terríveis e angustiantes. Foi uma das pessoas que entraram na casa. Confirmou as declarações anteriores em todos os aspectos, exceto um: tinha certeza de que a voz mais aguda era de um homem – de um homem francês. Não conseguiu entender as palavras ditas. Eram altas e rápidas – desiguais –, ditas aparentemente tanto com medo quanto com raiva. A voz era áspera, muito mais áspera do que estridente. Não poderia classificá-la como estridente. A voz mais rouca repetiu várias vezes as palavras sacré e diable, e uma única vez a palavra mon Dieu[17].

Jules Mignaud, banqueiro, da firma Mignaud et Fils, da Rua Deloraine. É o mais velho dos Mignaud. Madame L'Espanaye tinha algumas propriedades. Tinha aberto uma conta em sua casa bancária na primavera do ano de... (oito anos antes). Depositava pequenas quantias com frequência. Nunca sacou nada até três dias antes de sua morte, quando retirou pessoalmente a quantia de quatro mil francos. Esta soma foi paga em ouro e um funcionário ficou encarregado de levá-lo à casa da depositante.

Adolphe Le Bon, funcionário da Mignaud et Fils, testemunhou que, no dia em questão, por volta do meio-dia, acompanhou Madame L'Espanaye até sua residência com os quatro mil francos guardados em duas bolsas. Assim que a porta foi aberta, Mademoiselle L'Espanaye apareceu e pegou de suas mãos uma das bolsas, enquanto a velha senhora fez o mesmo com a outra. Ele então as cumprimentou e foi

---

[17] "Sagrado" (no sentido blasfemo de "maldito"), "diabo" e "meu Deus", em francês no original.

embora. Não viu ninguém na rua naquele momento. É uma rua afastada, bastante solitária.

William Bird, alfaiate, testemunhou que foi uma das pessoas que entraram na casa. É de nacionalidade inglesa. Mora em Paris há dois anos. Foi um dos primeiros a subir as escadas. Escutou as vozes discutirem. A voz rouca era de um francês. Conseguiu entender várias palavras, mas não lembra mais de todas. Ouviu claramente sacré e mon Dieu. Naquele momento, havia um barulho que parecia o de várias pessoas brigando – barulho de pessoas lutando e de coisas sendo arrastadas. A voz estridente era muito alta – bem mais alta do que a voz rouca. Tem certeza de que não era a voz de um inglês. Parecia ser a voz de um alemão. Poderia ser uma voz de mulher. A testemunha não entende alemão.

Quatro das testemunhas acima, tendo sido reconvocadas, testemunharam que a porta do quarto em que foi encontrado o corpo de Mademoiselle L'Espanaye estava trancada por dentro quando o grupo chegou lá. Tudo estava em perfeito silêncio – não havia gemidos nem ruídos de qualquer tipo. Ao arrombarem a porta, não viram ninguém. As janelas, tanto do quarto da frente como o dos fundos, estavam com as persianas fechadas e trancadas por dentro. A porta que havia entre os dois cômodos estava fechada, mas não estava trancada. A porta do quarto da frente, que dava para o corredor, também estava trancada, com a chave do lado de dentro. Um pequeno quarto na parte da frente da casa, no quarto andar, no final do corredor, estava aberto, com a porta escancarada. Esse quarto estava entulhado de camas velhas, caixas e outras coisas. Todos os objetos foram cuidadosamente removidos e examinados. Não houve uma polegada em qualquer parte da casa que não tenha sido cuidadosamente vasculhada. As chaminés foram investigadas de cabo a rabo. A casa tinha quatro andares, com sótãos (mansardes). Um alçapão no forro tinha sido pregado com muita firmeza e não dava a impressão de ter sido aberto por anos. As testemunhas não estão de acordo quanto ao tempo decorrido entre o som das vozes discutindo e o arrombamento da porta do quarto. Alguns falaram em três minutos, outros em cinco. A porta foi aberta com muita dificuldade.

Alfonzo Garcio, agente funerário, testemunhou que reside na Rua Morgue. É natural da Espanha. Fazia parte do grupo que entrou na casa. Não subiu as escadas. É um homem nervoso e ficou com receio das consequências da agitação. Escutou as vozes discutindo. A voz mais rouca falava em francês. Não pôde compreender o que estava sendo dito. A voz estridente pertencia a alguém que falava em inglês – está certo disso. Não entende a língua inglesa, mas baseou-se na entonação.

Alberto Montani, confeiteiro, testemunhou que estava entre os primeiros que subiram as escadas. Escutou as vozes em discussão. A voz rouca falava em francês. Conseguiu perceber várias palavras. A pessoa parecia estar fazendo uma repreensão. Não conseguiu entender as palavras ditas pela voz estridente. Ela falava rápido e de forma intermitente. Mas acha que as palavras eram em russo. Confirma o testemunho geral. É italiano. Nunca conversou com um nativo da Rússia.

Várias testemunhas, ao serem novamente convocadas, testemunharam que as chaminés de todos os aposentos do quarto andar eram demasiado estreitas para permitir a passagem de um ser humano. Por "limpa-chaminés" queriam dizer escovas de limpeza cilíndricas, como aquelas que são utilizadas por aqueles que limpam chaminés. Estas escovas foram passadas para cima e para baixo no interior de toda a tubulação de chaminés da casa. Não existe porta dos fundos pela qual alguém pudesse ter descido enquanto o grupo subia as escadas. O corpo de Mademoiselle L'Espanaye estava tão entalado na chaminé que só pôde ser retirado com a ajuda de cinco ou seis pessoas.

Paul Dumas, médico, conta que foi chamado para examinar os corpos perto do amanhecer. Os corpos tinham sido colocados sobre o colchão, no quarto em que Mademoiselle L'Espanaye fora encontrada. O cadáver da jovem senhora apresentava muitos hematomas e escoriações. O fato de ter sido empurrado chaminé acima seria causa suficiente *dessa aparência. A garganta estava bastante esfolada. Havia vários arranhões profundos logo abaixo do queixo, assim como uma série de manchas arroxeadas que, evidentemente, foram causadas pela pressão dos dedos. O rosto estava pavorosamente pálido, e os olhos saltavam das órbitas. A língua tinha sido parcialmente mordida. Notou-se um grande hematoma sobre o estômago, produzido, ao que tudo indicava, pela pressão de um joelho. Na opinião do senhor Dumas, Mademoiselle L'Espanaye tinha sido estrangulada até a morte por uma pessoa ou por pessoas desconhecidas. O cadáver da mãe estava horrivelmente mutilado. Todos os ossos da perna e do braço direitos apresentavam fraturas maiores ou menores. A tíbia esquerda, bem como todas as costelas do lado esquerdo, tinham se quebrado em mais de um lugar. O corpo inteiro estava assustadoramente machucado e pálido. Não era possível dizer como os ferimentos tinham sido infligidos. Um bastão pesado de madeira ou uma barra de ferro – uma cadeira, talvez –, qualquer arma grande, pesada e contundente poderia ter produzido aqueles resultados, se empunhada por um homem de grande força física. Mulher nenhuma poderia ter desferido aqueles golpes com qualquer arma. A cabeça da falecida, quando esta foi examinada pela testemunha, estava inteiramente separada do corpo e também bastante despedaçada. A garganta fora evidentemente cortada com algum instrumento muito afiado – provavelmente uma navalha.*

Alexandre Etienne, cirurgião, foi chamado, juntamente com o doutor Dumas para examinar os corpos. Confirmou o testemunho e as opiniões do senhor Dumas.

Nada mais de importância foi descoberto, embora várias outras pessoas tenham sido interrogadas. Um assassinato tão misterioso, e tão enigmático em todos os seus detalhes, nunca antes foi cometido em Paris – se é que realmente houve um assassinato. A polícia está perplexa, coisa pouco comum em casos desta natureza. Não existe, de qualquer forma, a menor sombra de uma pista.

A edição vespertina do jornal declarava que um grande tumulto ainda reinava no Quartier St. Roch, que os aposentos da casa tinham sido examinados mais uma vez, e que as testemunhas deram novos testemunhos, tudo sem o menor resultado. Um pós-escrito, entretanto, noticiava que Adolphe Le Bon tinha sido preso e encarcerado – embora nada parecesse incriminá-lo, além dos fatos que já foram detalhados.

Dupin pareceu-me singularmente interessado no progresso do caso – pelo menos assim me pareceu, a julgar por sua atitude, porque ele não fez um único comentário. Somente depois que a prisão de Le Bon foi anunciada ele pediu minha opinião sobre os assassinatos.

Pude tão somente concordar com todos os moradores de Paris ao considerá-los um mistério insolúvel. Não via meios que pudessem levar à identificação do assassino.

— Não podemos chegar a uma conclusão — disse Dupin — a partir de uma investigação tão superficial. A polícia parisiense, que é tão elogiada por sua perspicácia, é esperta, mas nada mais. Não existe método em seus procedimentos, além do método que é sugerido pelo momento. Apresentam uma série de medidas, mas não é raro que sejam tão mal adaptadas ao objetivo proposto, que nos trazem à mente Monsieur Jourdain, que pedia seu *robe-de-chambre: para ouvir melhor a música.*[18] Os resultados obtidos por eles são quase sempre surpreendentes, mas, na maior parte, são obtidos por simples diligência e atividade. Quando estas qualidades faltam, seus esquemas falham. Vidocq[19], por exemplo, era um bom adivinhador e um homem perseverante. Porém, como seu pensamento carecia de educação, ele pecava continuamente pela própria intensidade de suas investigações. Prejudicava sua visão por segurar os objetos perto demais. É possível que visse um ou dois pontos com clareza extraordinária,

---

[18] Monsieur Jourdain é o personagem principal da peça "Bourgeois Gentilhomme" (O Burguês Ridículo) de Molière (1622-1673).

[19] Eugène-François Vidocq (1775-1857) foi um criminalista francês, fundador e primeiro diretor da Sûreté Nationale, a polícia civil francesa.

mas, ao fazê-lo, ele, necessariamente, perdia a visão do conjunto. Assim, existe o problema do excesso de profundidade. A verdade nem sempre está no fundo de um poço. Na verdade, no que diz respeito aos conhecimentos mais importantes, creio que esteja sempre na superfície. A profundidade está nos vales em que a buscamos, e não no topo das montanhas onde é encontrada. Os modos e as fontes deste tipo de erro são bem exemplificados pela contemplação dos corpos celestiais. Olhar para uma estrela de relance – observá-la pelo canto dos olhos, voltando para ela a parte lateral da retina (mais suscetível às fracas impressões da luz que a parte interior) significa contemplá-la com clareza. É obter a melhor apreciação de seu brilho – um brilho que vai se enfraquecendo na proporção em que voltamos a visão diretamente para ela. Neste último caso, um número maior de raios incide no olho, porém, no primeiro, existe uma capacidade de percepção mais apurada. Com o excesso de profundidade, enfraquecemos o pensamento e o deixamos perturbado; e é possível até mesmo fazer com que a própria Vênus desapareça do firmamento se a observarmos de uma forma muito demorada, muito concentrada ou muito direta.

— Quanto a estes assassinatos, vamos nós mesmos fazer algumas verificações, antes de formarmos nossa opinião a respeito deles. Um inquérito nos trará algum divertimento – achei esquisito o uso do termo, da maneira como foi utilizado, mas não disse nada – e, além do mais, Le Bon uma vez me fez um favor, pelo qual sou grato. Vamos visitar os aposentos e vê-los com nossos próprios olhos. Conheço G., o chefe de polícia, e não terei dificuldade em obter a permissão necessária.

A permissão foi obtida, e fomos imediatamente para a Rua Morgue. Era uma dessas vielas miseráveis que ficam entre a Rua Richelieu e a Rua St. Roch. Já era fim de tarde quando chegamos lá, uma vez que esse quarteirão fica a uma boa distância daquele onde residíamos. Logo encontramos a casa, pois ainda havia muitas pessoas do outro lado da calçada, olhando para as janelas fechadas com uma curiosidade sem objetivo. Era uma casa parisiense comum, com uma entrada principal. Em um dos lados, havia uma guarita envidraçada com uma janela corrediça, que parecia ser uma portaria. Antes de entrarmos na casa, andamos pela rua, dobramos a esquina em um beco e, então, dobrando outra esquina, chegamos à parte de trás da casa. Enquanto isso, Dupin examinava toda a vizinhança, e também a casa, com uma atenção minuciosa que me parecia despropositada.

Refizemos nossos passos e chegamos de novo à frente da residência. Tocamos a campainha e, depois de apresentar nossas credenciais, fomos admitidos pelos agentes que estavam de serviço. Subimos as escadas – até o aposento onde o corpo de Mademoiselle L'Espanaye tinha sido encontrado, e onde os corpos das duas falecidas ainda estavam. Como era de se esperar, o quarto continuava revirado. Não pude ver nada além do que já havia sido relatado na *Gazette des Tribunaux*. Dupin examinava tudo – inclusive o corpo das vítimas. Passamos então aos outros quartos, e depois fomos até o pátio; um gendarme nos acompanhava por toda parte. O exame nos ocupou até a noite, quando decidimos partir. A caminho de casa, meu companheiro entrou por um momento no escritório de um dos jornais diários.

Já comentei que as extravagâncias de meu amigo são muitas, e que eu cedia aos sentimentos dele. Por uma dessas excentricidades, recusou-se a fazer qualquer comentário sobre o assunto do assassinato até quase meio-dia do dia seguinte. Então ele me perguntou, de súbito, se eu havia observado qualquer coisa peculiar no local da atrocidade.

Havia alguma coisa no modo como enfatizou a palavra "peculiar" que me fez estremecer, sem que eu soubesse o motivo.

— Não, nada peculiar — eu disse — pelo menos, nada além do que já tínhamos lido nos jornais.

— Temo que a *Gazette* — respondeu — não tenha penetrado no horror incomum da coisa. Mas descarte as opiniões inúteis desse jornal. Parece-me que esse mistério é considerado insolúvel, pela mesma razão que deveria fazer com que fosse de fácil solução – quero dizer, pelo excesso, pelo *outré* de características. A polícia está confusa pela aparente ausência de motivos – não para o assassinato em si – mas para as atrocidades cometidas. Estão confusos, também, pela aparente impossibilidade de relacionar as vozes ouvidas na discussão com o fato de que ninguém foi encontrado no andar de cima, a não ser Mademoiselle L'Espanaye, morta, e de que não havia nenhuma maneira de escapar dali sem ser notado pelo grupo que subia as escadas. A desordem bárbara do quarto; o cadáver enfiado, de cabeça para baixo, na chaminé; a mutilação assustadora da velha senhora; essas considerações, mais aquelas que acabei de mencionar, e outras que não preciso comentar, foram suficientes para paralisar o poder de raciocínio dos policiais e confundir por completo a perspicácia de que tanto se vangloriam. Caíram no erro grosseiro, mas comum, de confundir o insólito com o obscuro. Mas é por esses desvios do plano do comum que a razão encontra seu caminho, caso seja possível, para a busca da verdade. Em investigações como essa, que agora estamos fazendo, não deveríamos perguntar "o que aconteceu", mas "o que aconteceu agora que nunca tenha acontecido antes". Na verdade, a facilidade com que chegarei, ou já cheguei, à solução desse mistério está em proporção direta com sua aparente insolubilidade aos olhos da polícia.

Olhei para meu interlocutor com um estarrecimento mudo.

— Estou agora esperando — ele continuou, olhando em direção à porta de nossa casa — uma pessoa que, embora talvez não tenha sido o autor dessa carnificina, deve estar envolvido, de alguma forma, em sua execução. É provável que seja inocente no que diz respeito à pior parte dos crimes cometidos. Espero estar certo nessa suposição, porque sobre ela construí minha expectativa de solucionar todo o quebra-cabeça. Espero a chegada desse homem aqui – nesta sala – a qualquer momento. É verdade, ele pode não vir, mas é provável que venha. Se ele vier, será necessário detê-lo. Aqui estão as pistolas, e nós dois sabemos como usá-las quando a ocasião exige que as usemos.

Peguei as pistolas, sem saber ao certo o que fazia, e sem acreditar no que acabara de ouvir, enquanto Dupin continuava a falar, como se estivesse falando sozinho. Já comentei sobre como ele adotava um ar distante nesses momentos. O discurso dele era dirigido a mim, mas a voz, embora não fosse alta, tinha aquela entonação que normalmente se emprega quando se fala com alguém que está a uma grande distância. Os olhos, sem nenhuma expressão, estavam fixos na parede.

— Que as vozes ouvidas na discussão — ele disse — pelo grupo que subia as escadas, não eram as vozes das mulheres, ficou completamente provado pelas evidências. Isso nos livra de toda dúvida sobre a possibilidade de que a velha tenha primeiro assassinado a filha e depois cometido suicídio. Falo sobre isso apenas por uma questão de método, porque a força de Madame L'Espanaye não teria sido suficiente para a tarefa de enfiar o cadáver da filha chaminé acima, da forma como foi encontrado; e a natureza das feridas em seu próprio corpo excluem inteira-mente a ideia de suicídio. O assassinato, então, foi cometido por terceiros, e as vozes dessas pessoas foram aquelas ouvidas na discussão. Permita-me agora trazer sua atenção – não sobre as declarações a respeito das vozes – mas em relação ao que existe de peculiar nesses testemunhos. Você observou alguma coisa peculiar nessas declarações?

— Notei que, embora todas as testemunhas tenham concor-dado na suposição de que a voz rouca era de um francês, houve muitas divergências com relação à voz estridente, ou, como uma das testemunhas a descreveu, à voz áspera.

— Essa é a evidência propriamente dita — disse Dupin —, mas não a peculiaridade da evidência. Você não observou nada diferente. Ainda assim, havia algo a ser observado. As testemunhas, como você pôde notar, concordam sobre a voz rouca; elas foram unânimes nesse ponto. Mas em relação à voz estridente, a peculiaridade não está no fato de que as testemunhas discordaram, mas de que um italiano, um inglês, um espanhol, um holandês e um francês tentaram descrevê-la, e cada um dizendo ser a voz de um estrangeiro. Cada um deles tem certeza de que não era a voz de um compatriota. Cada um deles a compara, não à voz de um indivíduo de uma nação cujo idioma lhes seja familiar, mas o contrário. O francês supõe que a voz seja de um espanhol, e poderia ter distinguido algumas palavras *se fosse familiarizado com a língua espanhola.* O holandês sustenta que a voz era de um francês, mas vimos que, *por não entender francês, essa testemunha foi ouvida com a ajuda de um intérprete.* O inglês pensa que a voz era de um alemão, mas *não compreende alemão.* O espanhol "está certo" de que a voz era de um inglês, mas "julga pela entonação", *já que não tem conhecimento algum sobre a língua inglesa.* O italiano acredita que a voz era de um russo, mas *nunca conversou com um russo.* Além disso, um segundo francês diverge do primeiro, e é taxativo ao dizer que a voz era de um italiano, mas, *não conhecendo essa língua,* assim como o espanhol, *convenceu-se pela entonação.* Então, veja que estranha e incomum deve ter sido, na verdade, aquela voz, para dar ensejo a testemunhos como esses, em cujos tons nem mesmo cidadãos das cinco grandes divisões da Europa conseguiram reconhecer nada de familiar! Você dirá que pode ter sido a voz de um asiático – ou de um africano. Nem asiáticos, nem africanos abundam em Paris, mas, sem desconsiderar a inferência, apenas chamarei sua atenção, agora, para três pontos. A voz é descrita por uma das testemunhas como "mais repulsiva que estridente". É caracterizada por duas outras como tendo sido "rápida e entrecortada". Palavra alguma – ou som algum assemelhado à palavra – foram mencionados por qualquer testemunha como distinguíveis.

— Não sei — prosseguiu Dupin — qual impressão posso ter causado, até agora, ao seu entendimento, mas não hesito em dizer que deduções legítimas, mesmo advindas dessa parte dos testemunhos – da parte que diz respeito às vozes rouca e estridente – são por si só suficientes para levantar uma suspeita que deve nortear todo o progresso da investigação do mistério. Eu disse "deduções legítimas", mas o sentido que quis dar a essas palavras não está totalmente expresso. Minha intenção era insinuar que tais deduções são as únicas adequadas, e que minha suspeita surge inevitavelmente a partir delas, como única conclusão. Todavia, não revelarei que suspeita é essa por enquanto. Desejo apenas que você tenha em mente o fato de que, para mim, foi imperativa o suficiente para dar uma forma definida – uma certa tendência – às minhas investigações no quarto. Transportemo-nos agora, em pensamento, para esse quarto. O que devemos procurar em primeiro lugar? Os meios que os assassinos utilizaram para escapar. Não é exagero dizer que nenhum de nós acredita em eventos sobrenaturais. Madame e Mademoiselle L'Espanaye não foram assassinadas por espíritos. Os autores do feito são entes materiais, e escaparam por vias materiais. Como fizeram então? Felizmente, há apenas uma maneira de se raciocinar sobre esse ponto, e essa maneira precisa nos conduzir a uma decisão definitiva. Vamos examinar, um a um, os possíveis meios de fuga. Está claro que os assassinos estavam no quarto onde Mademoiselle L'Espanaye foi encontrada, ou pelo menos no quarto adjacente, quando o grupo subiu as escadas. Portanto, é apenas nesses dois apartamentos que precisamos procurar indícios. A polícia analisou o chão, o teto e a alvenaria das paredes em todas as direções. Nenhum detalhe oculto poderia ter escapado à sua vigilância. Mas, não confiando nos olhos deles, examinei com os meus. Não havia, de fato, nenhum detalhe oculto. As duas portas dos quartos que dão acesso ao corredor estavam firmemente trancadas, com as chaves na fechadura. Vejamos agora as chaminés. Embora de largura normal até uns três ou quatro metros acima da lareira, o duto, por toda a sua extensão, não admite sequer o corpo de um gato grande. Sendo absoluta a impossibilidade de fuga por elas pelo que já foi relatado, restam--nos então as janelas. Por aquelas do quarto da frente ninguém poderia ter escapado sem ser notado pela multidão que estava na rua. Os assassinos devem ter passado, portanto, pelas janelas do quarto dos fundos. Assim, trazidos a esta conclusão da forma tão inequívoca como fomos, não é nosso papel, como pensadores, rejeitá-la por conta de aparentes impossibilidades. Só nos resta provar que essas aparentes "impossibilidades" não são, na realidade, tão impossíveis assim. Há duas janelas no quarto. Uma delas está desobstruída pelos móveis, e é totalmente visível. A parte de baixo da outra fica escondida pela cabeceira da cama pesada, que está colocada bem próxima à essa janela. A primeira foi encontrada firmemente travada por dentro. Ela resistiu à força extrema empregada por aqueles que tentaram levantá-la. Havia um grande furo no batente feito com uma verruma, do lado esquerdo, e um prego bem avantajado foi encontrado encravado ali, quase até a altura da cabeça. Ao examinar a outra janela, constatou-se a existência de um prego similar, encravado da mesma forma; e uma vigorosa tentativa de levantar essa folha também falhou. Naquele momento, a polícia ficou inteiramente convencida de que a fuga não tinha se dado por essas vias. E, portanto, pensou-se ser desnecessário retirar os pregos e abrir as janelas. Minha investigação particular foi, de certa forma, mais específica, e assim foi pelo motivo que acabei de dizer: porque era ali – eu sabia – onde era preciso provar que o que aparentava ser uma impossibilidade não era, na realidade. Prossegui pensando desta forma... *a posteriori*. Os assassinos escaparam, sim, por uma dessas janelas. Assim sendo, eles não poderiam ter travado novamente as janelas por dentro, como foram encontradas – consideração que, por óbvia que era, pôs fim à investigação da polícia nesse aposento. No entanto, as janelas foram travadas. Elas devem, portanto, ter a capacidade de se travarem sozinhas. Não havia como fugir dessa conclusão. Andei até o batente desobstruído, retirei o prego com alguma dificuldade e tentei levantar a folha. Ela resistiu a todos os meus esforços, como eu já havia previsto. Devia haver – eu agora sabia – uma mola oculta; e a confirmação dessa ideia convenceu-me de que, ao menos, minhas premissas estavam corretas, por mais misteriosas que ainda parecessem as circunstâncias que envolviam os pregos. Uma procura cuidadosa logo trouxe à luz a mola escondida. Pressionei-a e, satisfeito com a descoberta, abstive-me de abrir a janela. Recoloquei o prego e o observei com atenção. Um indivíduo, ao passar por esta janela, poderia tê-la fechado novamente, e a mola a teria travado – contudo, o prego não poderia ter sido recolocado. A conclusão era simples, e novamente reduziu o campo das minhas investigações. Os assassinos devem ter escapado pela outra janela. Supondo, então, que as molas das duas janelas fossem iguais, como era provável, devia haver alguma diferença entre os pregos ou, pelo menos, entre as formas como foram fixados. Colocando-me sobre o estrado da cama, examinei minuciosamente o segundo batente, que ficava atrás da cabeceira. Ao deslizar a mão por trás da estrutura, descobri e pressionei a mola, que era, como já suspeitava, idêntica à sua vizinha. E então observei o prego. Era tão forte quanto o outro e, aparentemente, estava fixado da mesma forma – cravado até quase a altura da cabeça. Você dirá que fiquei confuso, mas, se pensa assim, não compreendeu bem a natureza das induções. Para usar uma frase esportiva, até ali eu não havia "cometido falta". O faro não havia sido perdido nem mesmo por um instante. Não havia defeito em nenhum elo da corrente. Eu havia rastreado o segredo até seu resultado final – e esse resultado era o prego. Ele tinha, eu diria, em todos os aspectos, a mesma aparência de seu companheiro da outra janela; mas esse fato era uma absoluta nulidade (por mais conclusivo que parecesse ser) quando comparado à consideração de que ali, naquele ponto, terminava a pista. "Deve haver algo de errado com o prego", pensei com meus botões. Toquei-o, e a cabeça, com cerca de um quarto de polegada do corpo, soltou-se em meus dedos. O restante do corpo ficou no furo de verruma, onde fora partido. A fratura era antiga (as bordas estavam incrustadas com ferrugem), e, aparentemente, tinha sido provocada por uma martelada, que afundou uma parte da cabeça do prego na madeira da janela. Recoloquei com cuidado essa parte da cabeça no lugar de onde a havia retirado, e a semelhança com um prego perfeito era completa – a fissura ficou invisível. Pressionei a mola, e delicadamente levantei a folha por alguns centímetros; a cabeça veio junto com ela, permanecendo firme em seu apoio. Fechei a janela e o prego deu, mais uma vez, a impressão de estar perfeito. Até aí o enigma estava decifrado. O assassino tinha escapado pela janela que ficava atrás da cabeceira da cama. Caindo por si só após a fuga (ou talvez fechada propositalmente), a janela foi travada pela mola; e foi justamente a resistência oferecida pela mola que confundiu a polícia, levando-a a atribuir a resistência ao prego – e assim, investigações adicionais foram consideradas desnecessárias.

— A questão seguinte — continuou Dupin — consistia em saber de que modo o assassino conseguira descer. Sobre esse ponto, dei-me por satisfeito com nossa caminhada ao redor da residência. A pouco mais de um metro e meio do batente em questão, ergue-se um para-raios. De sua haste teria sido impossível alguém alcançar a janela, quanto mais conseguir entrar por ela. Observei, entretanto, que as folhas das janelas do quarto andar são de um tipo peculiar, que os carpinteiros parisienses chamam de ferrades – um tipo raramente utilizado hoje em dia, mas visto frequentemente em antigas mansões de Lyons e Bourdeaux. Elas têm o formato de uma porta comum (uma porta simples, não de duas bandeiras), exceto que a metade inferior é entalhada ou trabalhada com treliças vazadas – proporcionando, assim, um excelente apoio para as mãos. No caso em questão, tais folhas têm quase um metro de largura. Quando as vimos da parte de trás da casa, ambas estavam abertas até quase pela metade – quer dizer, elas formavam ângulos retos com a parede. É provável que os policiais, assim como eu, tenham examinado a parte de trás da habitação, mas, se o fizeram, quando olharam as ferrades na linha de sua largura (algo que devem ter feito), não notaram a grande extensão dessa largura, ou então, no conjunto de todos os eventos, não levaram tal extensão em consideração. Na verdade, uma vez satisfeitos com a constatação de que fuga alguma poderia ter ocorrido por aquele aposento, entregaram-se ali a um exame bastante superficial. Contudo, ficou claro para mim que a folha da janela que ficava na cabeceira da cama, se aberta completamente, rente à parede, ficaria a uma distância de não mais do que sessenta centímetros do para-raios. Também ficou evidente que, empregado um nível incomum de presteza e coragem, uma invasão por essa janela, a partir do para-raios, pode ter sido levada a efeito – esticando-se a uma distância de sessenta centímetros (supomos agora a folha completamente aberta), um assaltante pode ter se agarrado com firmeza à parte com treliças. E depois, soltando-se do para-raios, apoiando com firmeza os pés contra a parede, e dando um salto audacioso sobre ela em seguida, ele pode ter balançado com a folha de modo a fechá-la, e, se imaginarmos que a janela estava aberta nesse momento, pode até mesmo ter balançado o corpo para dentro do quarto. Quero que você tenha particularmente em mente que falei de um nível bastante incomum de esforço como requisito para o sucesso nesse feito tão arriscado e difícil. Minha intenção é mostrar a você, primeiramente, que essa ação poderia ter sido, de fato, realizada, mas, em segundo lugar e principalmente, desejo chamar a atenção de seu entendimento para o caráter bastante extraordinário – quase sobrenatural – dessa agilidade que pode ter conseguido realizar tal proeza. Sem dúvida, você dirá, utilizando o linguajar da lei, que a fim de "elucidar o meu caso", eu deveria dar menos valor a tal questão, em vez de insistir numa completa apreciação de todo o esforço requerido nessa situação. Pode ser que essa seja a prática legal, mas não é desse modo que procede a razão. Meu objetivo último é apenas a verdade. Meu propósito imediato é levá-lo a justapor o esforço bastante incomum, do qual acabei de lhe falar, com aquela voz estridente (ou repulsiva), muito peculiar e irregular, acerca da qual não se conseguiu ao menos duas pessoas que concordassem sobre a nacionalidade e em cuja entonação não se detectou nenhuma silabação.

Ao ouvir essas palavras, uma ideia vaga e inacabada do que Dupin queria dizer acorreu-me à mente. Eu parecia estar à beira da compreensão, sem forças para alcançá-la – do mesmo modo que, vez por outra, nos encontramos na iminência da lembrança, sem conseguirmos, no entanto, trazer o dado à lembrança. Meu amigo prosseguiu com seu discurso.

— Você verá — disse ele — que desloquei a pergunta sobre o meio de fuga para o de acesso. Foi meu intento sugerir a ideia de que ambos se deram da mesma maneira, pelo mesmo lugar. Voltemos agora para o interior do quarto. Inspecionemos o que se apresenta ali. Foi dito que as gavetas da escrivaninha haviam sido saqueadas, embora ainda restassem diversos itens de vestuário dentro delas. A conclusão aqui é absurda. Trata-se de uma mera conjectura – bastante ingênua – e nada mais. Como podemos saber se os itens encontrados nas gavetas não eram tudo o que as gavetas originalmente já guardavam? Madame L'Espanaye e a filha levavam uma vida extremamente reservada: não recebiam visitas, raramente saíam, necessitavam muito pouco de um grande número de vestimentas. As roupas encontradas eram, no mínimo, de qualidade tão boa quanto quaisquer outras que essas mulheres pudessem ter. Se um ladrão tivesse levado alguma, por que não levaria as melhores? Por que não levou todas? Em uma palavra, por que abandonou quatro mil francos em ouro para levar uma trouxa de roupas? O ouro foi abandonado. Quase toda a soma mencionada por Monsieur Mignaud, o banqueiro, foi encontrada no chão, em sacolas. Assim, quero que você descarte de seus pensamentos a ideia precipitada dos policiais para a motivação dos assassinatos, engendrada em suas mentes por aquela parte dos depoimentos que se refere ao "dinheiro entregue na porta da casa". Coincidências dez vezes mais incríveis do que essa (a entrega de dinheiro e o assassinato cometido três dias após a vítima tê-lo recebido) acontecem com todos nós, a cada hora de nossas vidas, sem que atraiam atenção sequer momentânea. Coincidências são, em geral, o grande obstáculo no caminho deste grupo de pensadores que foram educados no mais completo desconhecimento da teoria das probabilidades – teoria à qual os mais gloriosos objetos da pesquisa humana devem os mais gloriosos esclarecimentos. No caso em questão, tivesse o ouro desaparecido, o fato de ter sido entregue três dias antes teria constituído algo mais do que uma simples coincidência. Seria fato corroborante da ideia da motivação. Mas, sob as reais circunstâncias do caso, se formos supor que o ouro seja a motivação de toda essa barbárie, devemos considerar também que o autor é um idiota tão vacilante que foi capaz de abandonar juntos o ouro e a motivação. Conservando agora em mente os pontos para os quais chamei sua atenção – a voz peculiar, a agilidade incomum e a surpreendente ausência de motivação num assassinato tão atroz como esse – atentemos à carnificina propriamente dita. Temos uma mulher estrangulada até a morte com as mãos, empurrada chaminé acima, de cabeça para baixo. Assassinos comuns jamais empregam métodos como esse. Muito menos fazem tal coisa com o corpo da vítima. Pela forma como o cadáver foi empurrado chaminé acima, você tem que admitir que há algo de excessivamente *outré* – algo totalmente incompatível com nossas noções comuns de conduta humana, mesmo supondo que seus autores sejam os mais degenerados dos seres humanos. Pense, também, em como deve ter sido enorme a força que conseguiu empurrar o corpo para cima numa abertura tão estreita, de um modo tão poderoso que o esforço conjunto de diversas pessoas, como se viu, quase não bastou para tirá-lo dali! Atente, agora, para outros indícios de emprego de um esforço ainda admirável. Defronte à lareira, havia mechas grossas – muito grossas – de cabelos grisalhos. Elas tinham sido arrancadas pela raiz. Você deve fazer ideia da enorme força necessária para se arrancar da cabeça vinte ou trinta fios de cabelo, que seja. Assim como eu, você viu os cachos de cabelo em questão. As raízes (que visão hedionda!) exibiam fragmentos da carne do couro cabeludo com sangue coagulado – sinal incontestável da força prodigiosa empreendida para desenraizar talvez meio milhão de fios de cabelo de uma só vez. O pescoço da anciã não estava apenas cortado, mas a cabeça encontrava-se completamente separada do corpo: o instrumento utilizado foi uma simples navalha. Quero que você observe também a ferocidade brutal desses atos. Sobre as contusões no corpo de Madame L'Espanaye, não me manifesto. Monsieur Dumas e seu valoroso assistente, Monsieur Etienne, declararam que tais contusões foram infligidas por algum instrumento rombudo; e até aí esses senhores estão certos. Está claro que esse instrumento obtuso foi o piso de pedra do jardim, sobre o qual a vítima caiu daquela janela que fica acima da cama. Tal ideia, por mais simples que possa parecer agora, escapou à polícia pela mesma razão que também escapou a ela a extensa largura das folhas da janela – porque, pela disposição dos pregos, suas percepções ficaram hermeticamente fechadas à qualquer possibilidade de que as janelas tivessem sido abertas. Se agora, além de todas essas coisas, você refletir adequadamente sobre a estranha desordem do quarto, já teremos ido longe o suficiente para conseguir combinar as ideias da espantosa agilidade, da força sobre-humana, da ferocidade brutal, da carnificina sem motivo, uma *grotesquerie* cujo horror é absolutamente alheio ao humano, e da voz que tinha sotaque estrangeiro aos ouvidos de homens de várias nacionalidades, desprovida de qualquer silabação distinta ou inteligível. O que sucedeu afinal? Que impressão causei em sua imaginação?

No momento em que Dupin me fez a pergunta, senti um formigamento no corpo.

— Um louco — disse eu — cometeu esse ato, algum louco desvairado, fugitivo de uma Maison de Santé[20] dos arredores.

— Em alguns aspectos — respondeu —, sua ideia não é irrelevante. Mas as vozes dos loucos, mesmo no paroxismo mais descontrolado, jamais se comparam a essa voz peculiar que foi ouvida das escadas. Loucos têm alguma nacionalidade, e sua língua, por mais incoerentes que sejam suas palavras, sempre guarda a coerência da silabação. Além do mais, os cabelos de um louco não se parecem em nada com isso que tenho em minha mão. Soltei esse pequeno tufo dos dedos rigidamente fechados de Madame L'Espanaye. Diga-me o que acha disto.

— Dupin! — disse eu, muito agitado. — Este cabelo é a coisa mais incomum. Isto não é cabelo humano.

— Não afirmei que fosse — disse ele. — Mas, antes de decidirmos esse ponto, quero que dê uma olhada no pequeno esboço que rabisquei sobre este papel. É uma reprodução do que foi descrito em uma parte dos depoimentos como "negros hematomas e marcas profundas de unhas" na garganta de Mademoiselle L'Espanaye e, em outra (pelos messieurs Dumas e Étienne), como "uma série de manchas arroxeadas, evidentemente marcas de dedos". Você perceberá — prosseguiu meu amigo, abrindo o papel sobre a mesa diante de nós — que o desenho dá uma ideia de apreensão firme e fixa. Não há sinal aparente de dedos escorregando. Cada dedo se manteve - possivelmente até a morte da vítima - terrivelmente agarrado ao ponto original. Experimente agora colocar todos os seus dedos, ao mesmo tempo, nas respectivas marcas, tal como vê.

---

[20] Casa de repouso.

Fiz a tentativa, em vão.

— Possivelmente, não estamos dando a essa questão um julgamento justo — disse. — O papel está aberto sobre uma superfície plana, mas a garganta humana é cilíndrica. Eis aqui uma tora de lenha, cuja circunferência é aproximadamente a de uma garganta. Enrole o desenho em torno dela e tente a experiência mais uma vez.

Fiz como fui instruído, mas a dificuldade ficou ainda mais óbvia do que antes.

— Isso — disse eu — não é marca de nenhuma mão humana.

— Leia agora — replicou Dupin — esta passagem de Cuvier.

Era um relato com minúcias anatômicas e descrições gerais a respeito do grande orangotango marrom-avermelhado das ilhas indonésias. A estatura gigantesca, a força e a agilidade prodigiosas, a ferocidade selvagem e as propensões imitativas desses mamíferos são suficientemente bem conhecidas de todos. Compreendi plenamente e na mesma hora os horrores dos assassinatos.

— A descrição dos dedos — disse eu, ao terminar de ler — está exatamente de acordo com o desenho. Percebo que nenhum outro animal além de um orangotango da espécie aqui mencionada poderia ter deixado marcas como as que você rabiscou. Este tufo de pelo marrom-avermelhado, também, é idêntico em caráter ao da fera de Cuvier. Mas não consigo conceber de modo algum os detalhes desse pavoroso mistério. Além do mais, foram duas as vozes ouvidas em altercação, e uma delas era inquestionavelmente a de um francês.

— É verdade; e você há de lembrar-se de uma expressão atribuída quase que de forma unânime, pelos depoimentos, a essa voz – a expressão *mon Dieu!* Isso, sob as circunstâncias, foi legitimamente caracterizado por uma das testemunhas (Montani, o confeiteiro) como uma exclamação de reprovação ou protesto. Sobre essas duas palavras, portanto, ergui minhas principais esperanças de solucionar plenamente o enigma. Um francês tinha conhecimento do crime. É possível – na verdade, mais do que provável – que seja inocente de qualquer participação nos sangrentos acontecimentos que ali tiveram lugar. O orangotango talvez tenha lhe escapado. Pode ter acontecido de tê-lo seguido até o aposento; porém, sob as perturbadoras circunstâncias que se sucederam, talvez nunca o tenha recapturado. O animal continua à solta. Não vou prosseguir nessas conjecturas – pois não é correto considerá-las como mais do que isto –, uma vez que os contornos da análise sobre as quais estão fundamentadas não exibem profundidade suficiente para serem apreciadas por meu próprio intelecto, e também porque eu não conseguiria torná-las inteligíveis à compreensão dos outros. Vamos chamá-las, portanto, de conjecturas, e nos referiremos a elas como tal. Se o francês em questão é, de fato, como suponho, inocente dessas atrocidades, este anúncio, que deixei ontem à noite, quando voltávamos para casa, na redação do *Le Monde* (um jornal voltado a assuntos mercantis e muito procurado pelos marinheiros), o trará até nossa residência.

Estendeu-me um papel, onde li o seguinte:

CAPTURADO – No Bois de Boulogne, no início da madrugada do dia, do corrente mês (a madrugada dos assassinatos), um enorme orangotango marrom-avermelhado da espécie de orangotango-de-
-Bornéu. O dono (que constatou-se ser um marinheiro pertencente a uma embarcação maltesa) poderá reaver o animal identificando-se de forma satisfatória e pagando algumas despesas devidas a sua captura e guarda. Comparecer ao número ..., Rua ..., Faubourg St. Germain – terceiro andar.

— Como foi possível — perguntei — saber que o homem é um marinheiro e que pertence a uma embarcação maltesa?

— Na verdade, eu não sei — disse Dupin. — Não tenho certeza disso. Aqui está, porém, um pequeno pedaço de fita que, pela forma e pelo aspecto encardido, foi evidentemente utilizada para amarrar o cabelo numa daquelas longas tranças que os marinheiros tanto gostam. Além do mais, esse nó é um daqueles que poucos, além dos marinheiros, conseguem dar, e é peculiar aos malteses. Encontrei a fita ao pé da haste do para-raios. Não poderia ter pertencido a nenhuma das vítimas. Bem, e se, ao final, minha dedução, a partir dessa fita, de que o francês era um marinheiro pertencente a uma embarcação maltesa estiver errada, ainda assim nenhum mal causei dizendo o que disse no anúncio. Se eu estiver errado, o sujeito irá meramente supor que me deixei iludir por alguma circunstância sobre a qual não se dará o trabalho de indagar. Mas, se estiver correto, um grande objetivo terá sido conquistado. Presente, ainda que inocente, no assassinato, o francês naturalmente hesitará em responder ao anúncio – em reclamar o orangotango. Ele então vai raciocinar: "Sou inocente; sou pobre; meu orangotango vale muito – para alguém em minhas condições, vale uma verdadeira fortuna – por que deveria perdê-lo por conta de inúteis receios de perigo? Ei-lo aqui, ao meu alcance. Foi encontrado no Bois de Boulogne – a uma enorme distância da cena da carnificina. Como poderão suspeitar que uma fera bruta possa ter cometido aqueles atos? A polícia está às escuras – fracassaram em encontrar a mais ínfima das pistas. Mas, mesmo que conseguissem seguir o rastro do animal, seria impossível provar que presenciei o crime ou imputar a mim a culpa por conta dessa presença. E, além do mais, já se sabe de minha pessoa. O anunciante se refere a mim como dono da criatura. Não tenho certeza sobre até onde vão suas informações. Se eu não reclamar uma propriedade de tão grande valor, da qual já se sabe que sou o dono, corro o risco de levantar suspeitas, ao menos sobre o animal. Não é prudente de minha parte atrair atenção para mim ou para a fera. Vou atender ao anúncio, recuperar o orangotango e mantê-lo preso até o assunto ter esfriado".

Nesse momento, ouvimos passos nas escadas.

— Fique preparado — disse Dupin — com suas pistolas, mas não as utilize e nem as mostre até que eu dê um sinal.

A porta de entrada da casa tinha sido deixada aberta e o visitante tinha entrado, sem tocar a campainha, e já avançava pelos degraus da escada. Em dado momento, porém, pareceu hesitar. Pouco depois, nós o ouvimos descer. Dupin já se dirigia rapidamente à porta quando, novamente, o ouvimos subir. Ele não deu meia-volta uma segunda vez, mas avançou com determinação e bateu na porta de nosso gabinete.

— Entre — disse Dupin, com um tom alegre e cordial.

Um homem entrou. Era um marinheiro, evidentemente – um sujeito alto, corpulento e musculoso, com certa expressão de valentia no semblante, não de todo desinteressante. Tinha o rosto bastante queimado de sol, com mais da metade escondido por suíças e um volumoso bigode. Tinha com ele um enorme bastão de carvalho, mas parecia, de resto, desarmado. Fez uma reverência desajeitada e nos disse "boa tarde" com um sotaque francês que, embora lembrasse um pouco o sotaque de Neuchâtel, ainda assim era suficiente para indicar a origem parisiense.

— Sente-se, meu amigo — disse Dupin. — Presumo que esteja aqui por causa do orangotango. Devo confessar que quase o invejo por ser o dono dele; um animal incrivelmente belo e, sem dúvida, muito valioso. Que idade presume que tenha?

O marinheiro deu um longo suspiro, com ar de quem estava aliviado de algum fardo intolerável, e então respondeu, em tom confiante:

— Não tenho como dizer, mas não deve ter mais de quatro ou cinco anos de idade. Estão com ele aqui?

— Ah, não. Não dispomos de espaço adequado para mantê-lo aqui. Ele está em um estábulo de aluguel na Rue Dubourg, aqui perto. Você pode buscá-lo pela manhã. É claro que está preparado para identificar sua propriedade?

— Certamente que estou, senhor.

— Lamentarei entregá-lo — disse Dupin.

— Não é minha intenção que tenha tido todo esse trabalho por nada, senhor — disse o homem. — Não poderia esperar tal coisa. Estou inteiramente disposto a pagar uma recompensa por ter encontrado o animal, quero dizer, qualquer coisa dentro do razoável.

— Bem — respondeu meu amigo —, isso tudo é muito justo, com certeza. Deixe-me pensar! O que devo pedir? Ah! Já lhe digo. Minha recompensa será a seguinte: quero que me forneça todas as informações em seu poder a respeito dos assassinatos na Rua Morgue.

Dupin disse essas últimas palavras em um tom muito baixo, e com muita tranquilidade. Com a mesma tranquilidade com que, também, andou em direção à porta, trancou-a e enfiou a chave no bolso. Depois, puxou a pistola do peitilho e a pousou, sem a mínima agitação, sobre a mesa.

O rosto do marinheiro ficou vermelho como se lutasse para não sufocar. Levantou-se de repente e agarrou seu bastão, mas, no momento seguinte, desabou de volta em sua cadeira, tremendo violentamente, e com o semblante da própria morte. Não disse uma palavra. Compadeci-me dele, do fundo do meu coração.

— Meu amigo — disse Dupin em um tom bondoso —, você está se alarmando desnecessariamente, de fato está. Não pretendemos lhe causar mal algum. Dou minha palavra de cavalheiro, e de francês, de que não temos a menor intenção de prejudicá-lo. Sei perfeitamente bem que é inocente das atrocidades na Rua Morgue. Entretanto, de nada adianta negar que está, em certa medida, envolvido nos assassinatos. Pelo que já afirmei, você já deve ter notado que dispus de meios para me informar sobre esse caso – meios que você jamais poderia ter imaginado. Nesse contexto, a situação que se apresenta é a seguinte: o senhor não fez nada que pudesse ter sido evitado – nada, decerto, que o torne culpável. Não é sequer culpado de roubo, quando poderia ter roubado impunemente. Você não tem nada a esconder. Não tem motivo para isso. Por outro lado, está obrigado, segundo todos os princípios da honra, a confessar tudo que sabe. Um homem inocente acha-se preso neste momento, acusado de um crime cujo autor você pode apontar.

O marinheiro ia recobrando a presença de espírito, em grande medida, conforme Dupin pronunciava essas palavras, mas sua audácia original tinha desaparecido.

— Que Deus me ajude — disse ele, após uma breve pausa —, vou mesmo lhes contar tudo que sei acerca desse caso, mas não espero que acreditem na metade do que direi – eu seria um tolo de fato se o esperasse. Mesmo assim, sou inocente, e partirei com a alma limpa se morrer por causa disso.

O que ele afirmou foi, substancialmente, o seguinte. Ele havia feito uma viagem recente ao Arquipélago Indiano. Um grupo, do qual fazia parte, desembarcou em Bornéu, avançando pelo interior da ilha, numa excursão de lazer. Ele e um companheiro haviam capturado um orangotango. Com a morte desse companheiro, ficou com a posse exclusiva do animal. Após enormes dificuldades, ocasionadas pela ferocidade intratável do cativo durante a viagem de volta para casa, ele conseguiu, após um longo tempo, alojá-lo em local seguro, em sua própria residência em Paris, onde, a fim de não atrair para si a desagradável curiosidade dos vizinhos, manteve-o cuidadosamente recluso, até que o animal se recuperasse de um ferimento no pé, causado por uma lasca de madeira do navio. Sua intenção final era vendê-lo.

Certa noite, ou, melhor dizendo, na madrugada dos assassinatos, ao voltar para casa após uma farra de marinheiros, deu com a criatura ocupando seu próprio quarto, que invadira por um closet contíguo, onde estava – assim ele pensava – confinado e em segurança. Com uma navalha na mão e devidamente ensaboado, o animal estava sentado diante do espelho, ensaiando a operação de se barbear; coisa que, sem dúvida, vira o dono realizar pelo buraco da fechadura do closet. Aterrorizado com a visão de arma tão perigosa na posse de um animal tão feroz e tão bem capacitado a usá-la, o homem, por alguns momentos, ficou perdido quanto ao que fazer. Havia se acostumado, entretanto, a acalmar a criatura, mesmo nos momentos em que se mostrava mais furiosa, com o uso de um chicote, ao qual, naquele momento, ele recorreu. Ao ver o instrumento, o orangotango disparou imediatamente pela porta do quarto, desceu as escadas e dali, por uma janela, desgraçadamente aberta, ganhou a rua.

O francês o seguiu em desespero; o macaco, com a navalha ainda na mão, parava de quando em quando, olhava para trás e gesticulava para o seu perseguidor, até este quase alcançá-lo. Depois disparava outra vez. A perseguição prosseguiu dessa forma por um bom tempo. As ruas estavam absolutamente tranquilas, pois já eram cerca de três horas da manhã. Ao passar por uma viela atrás da Rua Morgue, a atenção do fugitivo foi atraída por uma luz brilhando na janela aberta do aposento de Madame L'Espanaye, no quarto andar da casa. O orangotango correu na direção do prédio, percebeu o para-raios, trepou na haste com incrível agilidade, agarrou-se à folha da janela, que estava aberta ao máximo, rente à parede, e, por seu intermédio, balançou-se diretamente sobre a cabeceira da cama. A proeza toda não demorou um minuto. Com o chute do orangotango ao entrar no quarto, a folha da janela voltou a se abrir.

Enquanto isso, o marinheiro estava ao mesmo tempo satisfeito e perplexo. Naquele momento, ele foi tomado por uma grande esperança de recapturar a criatura, já que dificilmente escaparia da armadilha em que se metera a não ser pelo para-raios, onde, ainda assim, poderia ser interceptado ao descer. Por outro lado, causava-lhe grande inquietação pensar no que o animal poderia fazer dentro da casa. Este último pensamento fez com que o homem retomasse o empenho na perseguição do fugitivo.

Uma haste de para-raios podia ser escalada sem dificuldade, especialmente por um marinheiro, mas, quando ele chegou na altura da janela, que ficava muito longe à sua esquerda, seu avanço foi interrompido; o máximo que conseguiu foi se esticar de modo a obter alguma visão do interior do aposento. E a cena que presenciou quase o fez perder o apoio e cair, tamanho foi seu horror. Foi nesse instante que se elevaram na noite os gritos pavorosos que tiraram do sono os moradores da Rua Morgue. Madame L'Espanaye e a filha, em roupas de dormir, aparentemente estavam ocupadas na organização de alguns papéis no cofre de ferro já mencionado, que haviam puxado para o meio do quarto. O cofre estava aberto e seu conteúdo colocado ao lado, sobre o chão. As vítimas deviam estar de costas para a janela; e, pelo tempo transcorrido entre a invasão do animal e os gritos, parece provável que sua presença não tenha sido notada de imediato. A batida da janela teria naturalmente sido atribuída ao vento.

Quando o marinheiro olhou para dentro do quarto, o gigantesco animal já havia agarrado Madame L'Espanaye pelos cabelos (que estavam solto, porque ela os tinha penteado) e brandia a navalha diante do rosto da anciã, imitando os movimentos de um barbeiro. A filha jazia prostrada e imóvel; tinha desmaiado. Os gritos e a luta da velha senhora (durante os quais os cabelos lhe foram arrancados da cabeça) tiveram por efeito mudar os propósitos provavelmente pacíficos do orangotango num ataque de fúria. Com um golpe preciso do braço musculoso, quase separou a cabeça do corpo da vítima. A visão do sangue inflamou sua ira ao ponto do frenesi. Rangendo os dentes e com os olhos flamejando, ele pulou sobre o corpo da garota e cravou as temíveis garras em sua garganta, mantendo-o apertado até sua morte. Com o olhar vago e enlouquecido, dirigiu-se nesse momento à cabeceira da cama, acima da qual conseguiu ver o rosto de seu dono, petrificado de horror. A fúria do animal, que sem dúvida trazia ainda na lembrança o temido chicote, converteu-se instantaneamente em medo. Consciente de que merecia punição, pareceu-lhe conveniente ocultar seus feitos sanguinários, então saiu pulando pelo quarto numa agonia de agitação nervosa, derrubando e quebrando a mobília conforme se movimentava, e arrastando o colchão para fora da cama. Por fim, agarrou primeiro o cadáver da filha, e enfiou-o na chaminé, tal como foi encontrado; em seguida, pegou o da velha senhora, que atirou na mesma hora pela janela, de cabeça.

Quando o macaco se aproximou da janela com o fardo mutilado, o marinheiro encolheu-se horrorizado no para-raios e, deslizando por ele, disparou imediatamente para casa – temeroso das consequências daquela carnificina; e também abandonando, de bom grado, por conta de seu terror, qualquer consideração a respeito do destino do orangotango. As palavras ouvidas pelo grupo que subia as escadas eram as exclamações de horror e medo do francês, mescladas com os grunhidos demoníacos do animal.

Tenho agora muito pouco a acrescentar. O orangotango deve ter escapado do aposento pelo para-raios pouco antes do arrombamento da porta. Deve ter fechado a janela ao passar por ela. Em um momento posterior, foi capturado pelo próprio dono, que obteve pelo animal uma grande quantia no *Jardin des Plantes.* Le Bon foi solto imediatamente, assim que relatamos as circunstâncias (com algumas observações de Dupin) ao escritório do chefe de polícia. Esse funcionário, por mais que mostrasse boa disposição em relação ao meu amigo, foi incapaz de esconder por completo sua contrariedade com o rumo que o caso tomou, e não pôde resistir ao gracejo de um ou dois comentários sarcásticos, no sentido de como seria melhor se cada um cuidasse da própria vida.

— Deixemos que fale — disse Dupin, que não julgou necessário responder. — Deixemos que discurse; isso aliviará sua consciência. Fico satisfeito por tê-lo derrotado em seus próprios domínios. Contudo, o fato de ter fracassado na solução desse mistério, não é, de modo algum, algo tão surpreendente quanto ele considera; pois, na verdade, nosso amigo chefe de polícia é, de certa forma, astuto demais para ser profundo. Em sua argúcia não há qualquer *stamen*. Ele é todo cabeça e nenhum corpo, como as imagens da deusa Laverna[21], ou, na melhor das hipóteses, todo cabeça e ombros, como um bacalhau. Mas, apesar de tudo, trata-se de um bom sujeito. Gosto dele, sobretudo, por seu golpe de mestre em dizer platitudes, mediante as quais conquistou sua reputação de engenhosidade. Refiro-me ao modo que tem de "Negar o que é e explicar o que não é".

---

[21] Na mitologia romana, Laverna é a deusa dos ladrões, representada apenas por uma cabeça.

AS TRADUÇÕES
DE O CORVO

"O CORVO", sem dúvidas o mais célebre poema de Edgar Allan Poe e um dos mais famosos poemas já escritos, teve diferentes versões e foi traduzido para diversas línguas. Mesmo quem nunca o leu tem alguma noção a seu respeito, devido ao fato de que suas imagens literárias e seus versos foram incorporados pela cultura popular e disseminados em músicas, filmes, desenhos animados, seriados de TV e uma gama de produtos culturais que faz referências diretas ou indiretas ao poema.

Publicado pela primeira vez em 29 de janeiro de 1845, no semanário *New York Evening Mirror*, o poema narra um encontro insólito entre um homem que lamenta a perda de sua amada e um corvo que, ao ser indagado sobre os assuntos que afligem o sujeito, responde: *never more* (nunca mais). Nesse poema relativamente curto, com dezoito estrofes e cento e oito versos, predomina um cenário lúgubre e uma atmosfera gótica, elementos recorrentes na obra de Poe. A narrativa, que remete a um conto de terror, provocou uma reação imediata no público da época e, desde então, *"O Corvo"* tem sido amplamente discutido, reproduzido, adaptado, parodiado e traduzido para muitos idiomas.

Em português há duas traduções muito difundidas, feitas por Machado de Assis e Fernando Pessoa. A tradução de Fernando Pessoa busca preservar o sentido, a cadência e os componentes rítmicos presentes no poema em inglês, mantendo ainda o mesmo número de versos e estrofes do original. Em suas escolhas, o tradutor português decidiu omitir do seu texto o nome da musa Lenore e se vale de uma profusão de rimas com "ais" para dar vasão às lamúrias do narrador.

O CORVO

Tradução de Fernando Pessoa, 1924.

I
Numa meia-noite agreste, quando eu lia, lento e triste,
vagos, curiosos tomos de ciências ancestrais,
e já quase adormecia, ouvi o que parecia
o som de alguém que batia levemente a meus umbrais.
"Uma visita", eu me disse, "está batendo a meus umbrais.
É só isto, e nada mais."

II
Ah, que bem disso me lembro! Era no frio dezembro,
e o fogo, morrendo negro, urdia sombras desiguais.
Como eu qu'ria a madrugada, toda a noite aos livros dada
p'ra esquecer (em vão!) a amada, hoje entre hostes celestiais —
Essa cujo nome sabem as hostes celestiais,
mas sem nome aqui jamais!

III
Como, a tremer frio e frouxo, cada reposteiro roxo
me incutia, urdia estranhos terrores nunca antes tais!
Mas, a mim mesmo infundindo força, eu ia repetindo,
"É uma visita pedindo entrada aqui em meus umbrais;
uma visita tardia pede entrada em meus umbrais.
É só isto, e nada mais."

IV

E, mais forte num instante, já nem tardo ou hesitante,
"Senhor", eu disse, "ou senhora, decerto me desculpais;
mas eu ia adormecendo, quando viestes batendo,
tão levemente batendo, batendo por meus umbrais,
que mal ouvi..." E abri largos, franqueando-os, meus umbrais.
Noite, noite e nada mais.

V

A treva enorme fitando, fiquei perdido receando,
dúbio e tais sonhos sonhando que os ninguém sonhou iguais.
Mas a noite era infinita, a paz profunda e maldita,
e a única palavra dita foi um nome cheio de ais —
Eu o disse, o nome dela, e o eco disse aos meus ais.
Isso só e nada mais.

VI

Para dentro então volvendo, toda a alma em mim ardendo,
não tardou que ouvisse novo som batendo mais e mais.
"Por certo", disse eu, "aquela bulha é na minha janela.
Vamos ver o que est'nela, e o que são estes sinais."
Meu coração se distraía pesquisando estes sinais.
"É o vento, e nada mais."

VII

Abri então a vidraça, e eis que, com muita negaça,
entrou grave e nobre um corvo dos bons tempos ancestrais.
Não fez nenhum cumprimento, não parou nem um momento,
mas com ar solene e lento pousou sobre os meus umbrais,
num alvo busto de Atena que há por sobre meus umbrais,
foi, pousou, e nada mais.

VIII

E esta ave estranha e escura fez sorrir minha amargura
com o solene decoro de seus ares rituais.
"Tens o aspecto tosquiado", disse eu, "mas de nobre e ousado,
ó velho corvo emigrado lá das trevas infernais!
Dize-me qual o teu nome nas trevas infernais."
Disse o corvo, "Nunca mais".

IX

Pasmei de ouvir este raro pássaro falar tão claro,
inda que pouco sentido tivessem palavras tais.
Mas deve ser concedido que ninguém terá havido
que uma ave tenha tido pousada nos meus umbrais,
Ave ou bicho sobre o busto que há por sobre seus umbrais,
com o nome "Nunca mais".

X

Mas o corvo, sobre o busto, nada mais dissera, augusto,
que essa frase, qual se nela a alma lhe ficasse em ais.
Nem mais voz nem movimento fez, e eu, em meu pensamento
perdido, murmurei lento, "Amigo, sonhos — mortais
todos — todos já se foram. Amanhã também te vais".
Disse o corvo, "Nunca mais".

XI

A alma súbito movida por frase tão bem cabida,
"Por certo" — disse eu — "são estas vozes usuais,
aprendeu-as de algum dono, que a desgraça e o abandono
seguiram até que o entorno da alma se quebrou em ais,
e o bordão de desesp'rança de seu canto cheio de ais
era este Nunca mais".

XII

Mas, fazendo inda a ave escura sorrir a minha amargura,
sentei-me defronte dela, do alvo busto e meus umbrais;
e, enterrado na cadeira, pensei de muita maneira
que qu'ria esta ave agoureira dos maus tempos ancestrais,
esta ave negra e agoureira dos maus tempos ancestrais,
com aquele "Nunca mais".

XIII

Comigo isto discorrendo, mas nem sílaba dizendo
à ave que na minha alma cravava os olhos fatais,
isto e mais ia cismando, a cabeça reclinando
no veludo onde a luz punha vagas sombras desiguais,
naquele veludo onde ela, entre as sombras desiguais,
reclinar-se-á nunca mais!

XIV

Fez-se então o ar mais denso, como cheio dum incenso
que anjos dessem, cujos leves passos soam musicais.
"Maldito!" — a mim disse — "deu-te Deus, por anjos concedeu-te
o esquecimento; valeu-te. Toma-o, esquece, com teus ais!"
o nome da que não esqueces, e que faz esses teus ais!
Disse o corvo, "Nunca mais".

XV

"Profeta" — disse eu — "profeta - ou demônio ou ave preta!
Fosse diabo ou tempestade quem te trouxe a meus umbrais,
a este luto e este degredo, a esta noite e este segredo,
a esta casa de ânsia e medo, dize a esta alma a quem atrais
se há um bálsamo longínquo para esta alma a quem atrais!"
Disse o corvo, "Nunca mais".

XVI

"Profeta" — disse eu — "profeta - ou demônio ou ave preta!
Pelo Deus ante quem ambos somos fracos e mortais.
Dize a esta alma entristecida se no Éden de outra vida
verá essa hoje perdida entre hostes celestiais,
essa cujo nome sabem as hostes celestiais!"
Disse o corvo, "Nunca mais".

XVII

"Que esse grito nos aparte, ave ou diabo!" — eu disse — "Parte!
Torna à noite e à tempestade! Torna às trevas infernais!
Não deixes pena que ateste a mentira que disseste!
Minha solidão me reste! Tira-te de meus umbrais!
Tira o vulto de meu peito e a sombra de meus umbrais!"
Disse o corvo, "Nunca mais".

XVIII

E o corvo, na noite infinda, está ainda, está ainda
no alvo busto de Atena que há por sobre os meus umbrais.
Seu olhar tem a medonha cor de um demônio que sonha,
e a luz lança-lhe a tristonha sombra no chão há mais e mais,
libertar-se-á... nunca mais!

AS ILUSTRAÇÕES DE GUSTAVE DORÉ

PARA "O CORVO", DE 1884

Artista requisitado do século XIX, Gustave Doré ilustrou obras de autores como Rabelais, Balzac, Milton e Dante. Em 1884, Doré produziu 26 gravuras em aço para uma edição ilustrada do clássico "O Corvo". Como todas as suas ilustrações, as imagens são ricas em detalhes, suaves, caracterizadas por um claro-escuro profundo adequado ao humor do poema.

"Numa meia-noite agreste, quando eu lia, lento e triste,
vagos, curiosos tomos de ciências ancestrais,
e já quase adormecia, ouvi o que parecia
o som de alguém que batia levemente a meus umbrais."

Quando a edição de Doré foi publicada, Poe já havia alcançado o reconhecimento como um dos maiores poetas americanos, no entanto, morrera mais de trinta anos antes, quase na pobreza. De acordo com informações extraídas da biblioteca Penn State Rare Collections, Doré recebeu o equivalente a aproximadamente US$ 140.000 por sua edição ilustrada de "O corvo". Poe, por outro lado, recebeu cerca de nove dólares quando escreveu seu poema mais famoso.

**INFORMAÇÕES SOBRE NOSSAS PUBLICAÇÕES
E NOSSOS ÚLTIMOS LANÇAMENTOS**

🌐 editorapandorga.com.br
f /editorapandorga
📷 @pandorgaeditora
🐦 @editorapandorga